KB266479

우물가의 아이들

너머학교

우물가의 아이들

전춘화 글 | 강소연 그림

너머학교

일러두기

2000년대 초 연변에서 쓰던 말과 연변 말투를 살려 썼다.
연변 말과 중국어 발음대로 표기한 단어에는 표준국어대사전에 실린 단어로 각주를 달았다.

차례

자기소개

"내 이름은 박홍희, 올해 열세 살이다."

할아버지가 들고 있는 타이머가 재깍재깍 소리를 낸다. 나는 벽에 등을 붙이고 서서 침을 꼴깍 삼켰다.

"여름 방학이 끝나면 중학생이 된다."

할아버지의 표정은 아직 차분하다. 다행이다. 조금만 엉뚱한 소리를 하면 할아버지의 눈썹이 꿈틀거려서 바로 티가 난다. 말 한마디 할 때마다 시험 보는 기분이라 숨이 막힌다. 자기소개가 뭐라고 이렇게 겁을 줘야 하나 싶다.

"나는 중국 조선족이다."

이 말은 할아버지가 제일 좋아한다. 나는 별로지만 할아버지의 표정이 시무룩할 땐 어쩔 수 없이 꺼낸다. 장기에서 제일 좋은 말 하나 내미는 기분이다.

"할아버지 말로는 내가 연암 박지원의 자손이라고 하는데……"

이번엔 할아버지 눈이 둥그레졌다. 그냥 "나는 박지원의 자손이다." 하고 딱 잘라 말했어야 했나. 근데 왠지 뻥 같아서 하기 싫었다.

얼른 할아버지 얼굴을 피해서 달력을 쳐다봤다. 노란 수영복을 입은 여자가 엎드려 웃고 있었는데 입 옆에 괄호 같은 선이 보였다. 할아버지는 자기소개할 때 딴 데 보지 말라 했지만 그 순간엔 어떻게든 시선을 돌리고 싶었다.

"어릴 땐 진짜로 믿었다."

여기까지 말하다가 푸, 웃음이 새어 나왔다.

얼른 눈을 질끈 감았다.

오늘도 망했다.

내가 연암 박지원의 자손이라고?

할아버지 때문에 애들 앞에서 망신당한 게 한두 번이 아니다.

애들은 배꼽 잡고 웃으면서, "야, 니가 박지원 자손이면 난 리씨니까 리순신 자손이다.", "난 림씨니까 림꺽정 자손이다." 이런다.

림꺽정은 소설에 나오는 사람인데 애들은 그런 것도 모르고 아무 말이나 한다. 그래도 할아버지 앞에서는 믿는 척이라도 하고 싶

以
邑
燦
漆
後
同
正
自
己
主
并白

었는데 그게 잘 안 된다.

애들은 거짓말하다가 어른들한테 혼나는 경우가 많다는데 나는 거꾸로 적당히 둘러댈 줄 몰라서 맨날 엄마한테 답답하다고 등 두드림을 당했다. 엄마 말로는 거짓말은 나쁘지만 또 가끔은 눈치껏 넘어가야 한다나.

나는 우물쭈물하다가 억지로 웃으면서 할아버지랑 눈을 마주쳤다.

"역시…… 진짜인 것 같다."

뒷수습한다고 해 본 말인데 할아버지는 이런 얄팍한 수에 절대 넘어가지 않는다. 그래도 타이머가 똑딱거리는 소리가 너무 신경 쓰여서 뭐라도 말은 계속해야 할 것 같다.

할아버지가 주말마다 자기소개를 시킨 지도 벌써 두 달이 넘었다. 다른 애들은 영어니 수학이니 하면서 과외를 다니는데 나만 5분 자기소개를 붙잡고 있다. 아마 이 넓은 중국 땅, 아니 세상 어디에도 나 같은 애는 없을 거다.

할아버지가 괴짜라는 건 동네 사람들도 다 안다. 그리고 나는, 하필 그 괴짜한테 붙잡힌 하나뿐인 손녀다. 손자인 오빠들은 진작 도망쳤는데 만만한 나는 아직도 꽉 잡혀 있다.

가끔 할아버지 손에서 도망치고 싶다. 근데 막상 도망치려 하면 또 마음이 약해진다.

다른 할아버지들은 아침 일찍 나가서 장기도 두고 등산도 다닌 다던데 우리 할아버지는 맨날 방 안에만 있다. 문 하나 빼고는 벽 세 면이 전부 책장이다. 원래 창문이 있던 자리도 책장으로 막아 버려서 방 안은 늘 깜깜하다. 낮에도 전등을 켜고 앉아서 돋보기 낀 채 책만 본다. 저녁이 되면 책상을 접어 구석에 세워 두고 그 좁은 방에서 메밀 베개를 베고 잔다. 방이 너무 작아서 할아버지 몸이 다 구겨져 있는 것 같다.

주말 아침 일찍 할아버지가 미닫이문을 드르륵 열고 나오면 나 는 꼼짝없이 잡히고 만다. 밥상을 정리하자마자 자기소개 연습이 시작되니까. 진짜 죽을 맛이다. 그래도 30분만 하자고 해서 겨우 버티는 중이다. 대충 하고 넘어가도 할아버지는 크게 화내지 않는 다. 대신 한숨을 푹 내쉬고 얼굴 주름이 더 깊어진다.

나는 속으로 '또 뭐라고 하실까…;' 생각했는데, 그때 땡 알람이 요란하게 울렸다. 할아버지는 알람을 끄고 돋보기를 천천히 닦는 다. 그렇게 느릿느릿 닦을 때마다 꼭 무슨 큰 말을 꺼낸다.

"오늘따라 집중이 안 되는구나."

할아버지는 종이를 꺼내 자기소개 순서를 다시 적기 시작했다.

"홍희야, 어른이 되기 전에 배워야 할 게 딱 세 가지다."

이어서 손가락 세 개를 펴 보이며 말씀하셨다.

"나는 누구인지, 무엇을 해야 하는지, 어떤 사람이 되어야 하는지."

그 세 가지만 알면 뭐든 잘 굴러간다 하셨다. 기름 가득 넣은 트럭처럼. 그러면서 그걸 몰라서 어른이 되어서도 헤매는 사람들이 많다고 겁을 주셨다. 그 말을 듣는 순간, 나도 모르게 아빠가 생각났다. 그리고 바로 이어지는 건 또 "그래서 5분 자기소개가 중요하다."는 긴 얘기였다. 다행히도, 나는 금방 까먹었다.

생수를 벌컥벌컥 마시고 할아버지가 내민 하얀 방석에 다시 털썩 앉았다. 할아버지는 종이를 보며 자기소개 순서를 또박또박 읽어 주었다.

"이름, 나이, 학교, 집안 얘기, 네가 어떤 사람인지……."

나는 속으로 '이건 자기소개라기보다 글짓기잖아. 요즘 누가 이렇게 길게 하나,' 하고 중얼거렸다.

할아버지가 알람을 다시 맞추자 자세를 고쳐 앉았다. 이번엔 할아버지가 원하는 거랑 내가 하고 싶은 말을 좀 섞어 볼 생각이다.

"할아버지 말로는 내가 연암 박지원의 자손이라고 한다. 연암 박지원은 조선 후기의 실학자이자 소설가이다. 내가 사는 곳은 중국 길림성 룡정이다. 이 땅은 예전에 만주라고 불렸다."

말하고 나니 얼굴이 달아올랐다. 솔직히 '만주 땅' 같은 말은 좀 촌스럽다. 연암 박지원도 학교 교과서에 안 나오는데, 왜 이런 얘기를 굳이 해야 하나 싶다. 그냥 할아버지 혼자 좋아하는 말 같다.

"2분 남았다."

할아버지는 알람 시계를 목에 걸고 꼭 체육 선생님처럼 진지하게 말했다.

"가족으로는 할아버지, 아빠, 엄마가 있다. 할아버지는…… 조선족 역사책을 오래 쓰셨고…… 아빠는 공무원이고 엄마는…… 집에서 살림을 한다."

최대한 느릿하게 말한 덕분인지 땡, 알람이 다시 울렸다. 한 문장으로 2분을 꿀꺽하다니, 속이 개운할 줄 알았는데 할아버지 얼굴을 마주 보기가 왠지 미안하다.

"홍희야."

"네."

그렇다고 할아버지는 날 혼내지는 않으신다. 그저 끝날 때마다 꼭 한마디를 더 하셔야 직성이 풀릴 뿐이지. 그래서 나는 마지막 남은 힘으로 고개를 들었다.

"자기소개를 하면서 네 주위 얘기까지 넓혀 가면, 네가 왜 네가 되었는지를 알게 된단다."

"네……."

나는 속으로 한숨이 나왔다. 할아버지 속은 알 수가 없다. 그리고 할아버지도 열세 살인 내 마음은 절대 모를 것 같다. 그냥 서로 자기 얘기만 하는 느낌이다. 할아버지는 자꾸 옛날 얘기를 꺼내고, 나는 말수가 점점 줄어든다. 내가 누군지가 뭐가 그렇게 중요할까.

왜 맨날 가르치려고만 하는지 답답하다.

할아버지는 내가 좀 더 깊이 생각할 줄 알았으면 해서 이런 시간을 가진다고 하신다.

"난 홍희한테 뭐가 필요한지 안다. 난 늙었고 후회도 해 봤지. 이제는 옛날도 돌아보고 앞일도 볼 수 있거든."

근데 말이지…… 그렇게 똑똑하다는 사람이 오늘도 나 붙잡고 또 박지원 얘기를 했다니까.

할아버지는 진짜로 우리가 박지원의 자손이라고 믿는 걸까? 족보도 없고, 증거도 없는데. 설령 맞다 해도 뭐가 달라지나. 애들한테 놀림만 당하기 딱 좋은데.

엇박자

"홍희야, 자기소개는 잘했니?"

학교에서 돌아오자마자 할아버지가 골방 미닫이문을 드르륵 열며 나타났다. 앉은 자세 그대로 문지방을 넘지 않고 상체만 앞으로 한껏 기울이고는 머리만 빼꼼 내밀었다.

"당연히 잘했지에."

나는 씨익 웃으며 중학교에 입학한 첫날의 풍경과 같은 반 아이들에게 받은 인상을 술술 풀었다.

"남이사. 우리 홍희가 집에서 배운 대로 똑 부러지게 말했는지 그게 궁금하단 말이지."

"배운 대로 했습다. 아주 찰떡같이!"

사실 다 뻥이다.

첫날부터 이상한 애로 찍히고 싶다면 할아버지가 가르쳐 준 대로 하면 딱이다.

이른 아침, 낯선 운동장.

골대 옆 펄럭이는 대자보 앞에 서서 내가 들어갈 4반에 예전 반 아이들이 있는지부터 확인했다. 친했던 아이 한 명이라도 제발 같은 반이기를. 명단을 처음부터 끝까지 훑었지만 내가 아는 아이라곤 딱 세 명밖에 없었다. 온몸에 힘이 쭉 빠졌다.

경매와 영란이, 그리고 철룡이라니! 화투로 치면 나에겐 무깍지*들이다. 그 외에도 오고 가며 인사를 나눌 정도로 대충 알고 있는 아이들이 몇몇 있지만 애매하다. 누구랑 친해질지 정하는 게 제일 어렵다. 차라리 자기소개 연습이 나은 것 같다. 짝짓기 게임처럼 자칫하다간 나 혼자가 될 수도 있으니까. 소학교 때부터 친했다가 같은 반이 된 아이들은 벌써 서로 부둥켜안고 호들갑을 떤다. 나는 혹시라도 경매와 눈을 마주칠까 싶어 얼른 혼자 반에 들어갔다.

나는 '박'씨라서, 이런 날엔 조금 유리했다. 오늘처럼 담임 선생님이 'ㄱ, ㄴ, ㄷ' 순으로 자기소개를 시킬 때 말이다. 강씨부터 불려나가 강단 앞에 선다. 이어서 반에 딱 한 명 있는 고씨.

그리고 본 게임, 김씨 순서가 시작된다. 열 명쯤 되는 김씨 애들

    *화투 패 중에서 점수 없이 갯수만 새는 패.

이 줄줄이 기다리고 있다. 김씨들의 자기소개가 지루하게 이어지다 보면 나씨나 노씨처럼 드문 성이 불쑥 튀어나왔다가 다시 리씨들이 여섯 명쯤 연달아 나온다.

나는 쉰두 명 중 서른세 번째였다. 어디서든 김·이·박이 대세니까. 가끔 마씨처럼 익숙한 성도 있지만 척씨처럼 처음 듣는 성이 나오면 분위기가 좀 달라진다. 애들이 쟤는 혹시 한족 애 아닌가 싶어서 말투며 발음에 집중하는 눈치다. 나는 넷째 줄에 느긋하게 앉아 아이들을 구경했다. 심사위원 놀이하는 기분이었다.

목까지 벌게져서 이름과 졸업한 초등학교만 얼른 말하고는 도망치듯 내려오는 애도 있고, 얼굴은 새빨갛게 상기되었지만 어깨는 쭉 펴고 침착하게 할 말은 다 하는 애도 있다. 제일 꼴불견인 애들은 따로 있다. 처음부터 학급 간부를 노리는 티를 팍팍 내며 거창한 대본을 외운 듯 웅변하는 애들. 딱 우리 할아버지 스타일이다. 세계 평화가 꿈이라느니, "얘들아, 다 같이 잘 지내자!" 같은 말은 왜 하는 건지 모르겠다. 어떻게 다 같이 잘 지내. 그건 슈퍼맨도 못할걸?

내 차례가 되어 강단에 올라서자 심장이 두근거리는 소리가 귀에까지 울렸다. 아이들의 머리통을 콩나물 대하듯 보겠다고 마음은 먹었지만 콩나물엔 눈이 없다는 걸 깜빡했다. 다리가 후들거렸다. 숨을 길게 두 번 내쉬고 아이들의 얼굴을 한번 훑었다. 이것도 할아버지가 알려준 고급 기술 중 하나다.

강연할 때 조용히 관중을 죽~ 훑어보면 장내가 잠시 조용해진 다고 했다. 단, 3초. 그 사이 기선 제압을 해야 한다나. 기선 제압 까진 모르겠고 흉내라도 내 볼 양으로 얼굴들을 한 번 더 스윽 훑 어보았다. 이럴 때 보면 할아버지와 자기소개 연습을 한 게 도움이 되긴 하는 듯하다. 의외로 아이들 얼굴을 보는 일이 할아버지의 얼 굴을 30분 동안 내내 마주보는 것보다 차라리 덜 부담스럽다.

아이들은 생각보다 내게 관심이 없었다. 저들끼리 수다 떠는 애 들, 머리를 숙이거나 창밖을 멍하니 바라보는 애들, 나와 얼결에 눈이 마주치자 황급히 시선을 돌리는 애들까지. 아무도 적대적이 지도, 그렇다고 썩 관심 있어 보이지도 않았다. 그러니 긴장할 필 요가 없다. 나는 할아버지가 알려 준 소개말 중 쓸 만한 것들만 쏙 쏙 골라 머릿속에서 재빨리 퍼즐을 맞춰 갔다.

내 이름 석자는 박홍희. 중국어 이름은 퍄오 훙씨.

붉을 '홍(紅)'자에, 드물 '희(稀)'자. 여자애들 이름에 흔히 들어 가는 '희'자는 '빛날 희(熙)'나 '아름다운 여자 희(姬)'지만, 난 아 니다.

'홍'자는 암만 봐도 촌스럽다.

하필 아빠가 정부 기관에 배치된 날과 내가 태어난 날이 겹쳤고, 그걸 기념하겠다고 '당에 대한 충성심'을 이름자에 박아 넣은 거다. 그게 영 못마땅했던 할아버지가 '희' 자를 얹어 가격한 셈이다.

물론 이걸 아이들한테 다 말하진 않았다. 대신, '희' 자 한자는 똑바로 설명했고 내가 좋아하는 건 탕후루, 핑클 언니들, 그리고 우물가에 놀러 가는 일이라고 밝혔다.

아이들은 곧 술렁이기 시작했다.

H.O.T나 젝스키스를 좋아하는 여자애들한텐 이해 못할 발언이었을 테고 우물가 얘기를 시시하게 들었을 수도 있겠지. 개의치 않는 척했지만 심장이 후두둑, 뛰었다. 저 술렁임이 좋은 건지 나쁜 건지 모르겠다. 아이들한테 좋은 인상을 주기 위해 자기소개를 해야 한다는 것을 잠깐 잊었다. 할아버지는 그렇게 가르치지 않았으니까. 입을 더 열수록 아이들한테 비호감이 될까 싶어서 덜컥 겁이 나기도 했다. 그래서 강단에서 내려올까 싶었는데 아, 그래도 홍희 자존심이 있지. 마무리도 짓지 않고 부랴부랴 내려오고 싶지는 않았다. 앞서 몇몇은 말하다 말고 애들 반응에 얼굴이 벌게서 울상을 짓고 급하게 강단에서 내려왔는데 보기에 영 별로였다.

내가 강단에서 입술을 꼭 깨물고 버티고 서 있자 아이들이 "우~"하면서 비아냥거렸다. 머릿속이 하얘지자 집에서 할아버지와 몇십 번을 곱씹어 연습했던 말들밖에 생각나지 않았다. 에라, 모르겠다. 나는 연암 박지원의 자손이라고 당당하게 말하고 할아버지는 조선족 역사학자였으며 옛날에 조선족 아이들이 읽는 역사 교과서를 번역하는 데도 참여했다고 말해 버렸다.

"오~!"

놀라는 듯한 감탄이 아까와는 다르게 진짜로 들렸다. 누군가는 여전히 깔깔 웃었지만 비아냥은 없었다.

나, 퍄오 훙씨. 오늘 자기소개 좀 잘해 버린 듯!

할아버지는 무척 만족스러워 보였다.

오늘이 내 열세 살 인생에서 엄청 큰 날이라면서 의미를 부여하고 또 그놈의 역사 타령을 시작하셨다. 그래서인지 살짝 미안한 마음이 들긴 했다.

아이들은 내 할아버지가 조선족 역사학자라는 이유만으로 아빠도 어련히 그럴듯한 직업을 가진 사람일 거라고 수군댔다. 하지만 집구석이 어떻게 돌아가는지는 나만 안다.

할아버지가 내게 조선족 역사를 가르쳐 준 것만 봐도 알 수 있다. 내가 소학교 1학년이었을 때, 엄마는 한족 아이들은 유치원 때부터 당시(唐詩) 300수를 외운다며 조기교육을 고민하고 있었다.

그때 엄마를 호되게 나무라며 단칼에 막아선 사람이 바로 할아버지였다.

"아무리 중국이라는 대국에 살아도 어릴 때부터 올바른 정체성 교육을 받아야지."

기세등등했던 그날의 할아버지는 서재로 가 책장을 샅샅이 훑어보다가 혼잣말을 중얼거렸다.

"어라? 우리 홍희 나이에 읽을 만한 책이 없네."

그렇다고 포기할 할아버지가 아니지.

예전에 일할 때 책을 더 만들지 못한 걸 자기 잘못처럼 여기는 것 같았다. 이마를 딱 치더니 나를 자전거 뒤 안장에 태우고 조선말* 서점으로 곧장 달렸다.

그게 6년 전이다.

할아버지가 지금보다 훨씬 고집 세고 쌩쌩하던 시절이었다.

뭐, 서점 직원도 당황하긴 마찬가지였다.

할아버지가 날 가리키며, "우리 손녀 볼만한 민족 교육책 추천 좀 해 줘요." 하자 난색을 짓던 직원은 잠시 말을 잃었다.

"이 나이에…… 민족 교육이요?"

날 시큰둥하게 내려다보던 직원은 고집스레 굳은 할아버지의 표정을 슬쩍 훑고는 꼬껄쩨* 소리를 딱딱 울리며 어린이 책 코너로 향했다. 그리고 그때 꺼내 온 책이 바로 『우리 민족 전래동화집』이었다.

이번엔 할아버지가 당황했다.

"전래…… 동화요?"

"네, 뭐. 민족 교육이 별겁니까. 우선 한글부터 익히고, 민족 이야기에 흥미를 갖는 게 첫걸음입니다. 괜히 너무 일찍부터 지루한 역사책 들이대면 질릴 수 있거든요."

역사가 지루하다니~ 나는 직원의 얼굴을 바라보며 슬며시 웃었다. 이쯤 되면 할아버지가 화내며 서점을 나설 게 뻔하다 싶었다.

그런데 의외였다.

할아버지는 아무 말 없이 전래동화 다섯 권을 들고는 계산대로 향했다.

『선녀와 나무꾼』, 『토끼전』, 『흥부와 놀부』, 『콩쥐팥쥐』, 『해님 달님』.

할아버지는 집에 돌아오자마자 곧바로 나를 무릎에 앉혀 놓고 『토끼전』부터 읽어 주었다.

일곱 살이나 먹고 무릎에 앉아 있자니 영 어색하긴 했지만 할아버지가 한 손엔 책을 들고 한 손으로 내 배를 감싸안았기 때문에 꼼짝할 수가 없었다. 감싼 팔에 단단한 힘이 느껴졌다. 할아버지가 입을 열 때마다 뜨거운 날숨이 뺨에 닿고, 몸에 밴 담배 냄새와 점심에 드신 된장국 냄새도 가시지 않았다. 나는 어깨가 굳은 채 눈을 내리깔고 토끼와 거북이 그림이 가득한 책을 애써 들여다보았다.

책을 다 읽고 잽싸게 무릎에서 내려오자 할아버지는 "음…;" 하고 고뇌하는 듯 눈을 감았다. 눈꺼풀이 살짝 떨렸다. 아마 그때가 시작이었을 거다. 무슨 얘기든 꼭 교훈을 들이밀고 마는 그 버릇 말이다. 오래된 기억이라 정확하진 않지만 그날 할아버지는 이렇게 정의했다.

"토끼 간 빼먹는 게 그냥 옛이야기 같지? 현실에서도 네 거 뺏어 가는 도둑놈들, 득실거려. 정신처럼 소중한 것도 마찬가지야. 네가 그 소중함을 모를 때, 도둑놈들은 달려든다. 그러니까, 토끼처럼 지혜롭게 잘 지켜야 해."

난 아직까지도 내가 뭘 지켜야 하는지는 잘 모르겠다.

자존심 같은 게 거추장스럽게 생겨서 가끔 지키긴 하고, 비밀이든 일기장을 엄마로부터 지키는 정도다. 하지만 딱 봐도 그건 할아버지가 말한 '소중한 것'은 아닌 것 같다. 어쩌다 보니 할아버지가 읽어 준 전래동화가 싫지만은 않았다. 그 뒤로 주몽이니 세종대왕이니, 홍길동 얘기까지 줄줄이 들으며 컸다.

그러다 보니 중학생이 되었다.

이제 할아버지는 '자기소개 교육'에 만족하셨는지 이번엔 항일 투쟁사며 조선족 이주사까지 가르쳐 주겠다며 들떠 있었다.

하지만 난 아직도 차마 말을 못 했다.

내가 소학교 4학년 때 아이들은 벌써 『삼국연의』나 『수호전』을 줄줄 읽고 있었다. 그들이 유비, 관우, 제갈량 이야기로 침 튀기며 열변을 토할 때 그 앞에서 거북선이나 훈민정음을 말할 수 없었다. 입이 떨어지지 않았다. 티비만 켜도 「삼국지」 영화랑 드라마는 매일 나오는데 이순신이나 세종대왕은 도통 본 적이 없다. 그날 저녁, 할아버지는 두툼한 『항일 투쟁사』 책을 꺼내 돋보기를 끼고 나를 옆에 앉혔다.

과일과 누룽지를 내오던 엄마가 내 귀에 속삭였다.

"하기 싫음 말해라. 엄마는 싸울 준비가 되어 있다."

나는 고개를 주억거렸지만 할아버지가 내게 얼굴을 가까이 대고 말을 꺼내는 순간 또 움찔했다.

매번 이걸 언제까지 해야 하나 싶어 뾰로통한 얼굴로 앉아 있다가도 이내 백기를 들고 여태껏 순순히 듣고 있다. 하품을 하며 겨우 할아버지 방에서 풀려나고 난 그날도 슬며시 마음을 굳혔다. 이젠 중학생인데 그놈의 민족 역사 타령은 슬슬 끊어 내겠다고 말이다. 아, 근데 또 엄청 싫은 건 아니고… 나도 내 마음을 잘 모르겠다. 그냥, 에라 모르겠다.

장기판 위의 가족

저녁 식사 후 할아버지와 아빠의 장기판이 벌어졌다. 2년째 아빠는 할아버지에게 지고 있었다. 어떻게 단 한 판도 못 이기냐고 옆에서 고시랑고시랑하던 엄마는 밥상을 행주로 슥슥 닦고는 두 사람 사이에 탁, 놓았다.

아빠는 매번 살집 많은 왼손에 이미 먹은 할아버지의 기물을 들고 입을 꾹 다문 채 장기판에서 눈을 떼지 못한다. 하지만 할아버지는 기물을 손에 잡을 것도 없다. 미리 다음 수를 생각해 낸 듯 차(車)를 두 손가락으로 쭉 밀어 세로 선을 타고 나아가거나, 마(馬)를 딱 소리 나게 옆으로 옮긴다. 그리고 아빠가 기물 하나를 겨우 옮기려고 하면 잔소리를 늘어놓는다.

"전체 흐름을 보라고! 장기는 수 싸움이야. 상대방의 수를 읽고 절대 거기에 휘말리면 안 돼."

"쯧쯧! 그렇게 일러 줬거늘! 벌써 말이 먹히면 어떡해."

"이제 10수 좀 넘게 했는데 슬슬 흐트러지는 꼴 좀 봐라. 수비만 하고 공격은 안 해?"

아빠가 입술을 꽉 깨문다. 한참 뒤에 할아버지는 아빠의 한(漢)을 딱 소리 나게 잡아 버린다. 아빠가 막판에 슬슬 공격을 해 보려고 할 때 허술한 틈을 발견하곤 마를 사선으로 틀며 장을 덥석 물어 버린 것이다.

아빠 표정이 영 죽상인데 옆에서 엄마가 또 눈치 없이 끼어든다.

"또 졌슴다, 여보?"

"에이, 맨날 두면 뭐하나. 생각이 바뀌어야지, 생각이! 수가 흔들리는 게 다 보여."

할아버지는 자리를 툭툭 털고 일어나 힘차게 미닫이문을 드르륵 열더니 뭔가 생각난 듯 뒤돌아 나를 보았다.

"홍희야, 다음 주부터는 할아버지와 장기도 배우자. 상대방 수를 읽는 법도 배우고 머리가 영리해지는 데는 장기만한 것도 없다. 그놈의 화투 그거는 다 일본 침략의 문화적 잔재다."

가끔 엄마와 알록달록한 화투를 치는 것을 굳이 겨냥한 듯 할아버지는 못마땅한 눈빛으로 엄마를 스윽 쳐다보면서 말했다.

"장기는 중국 건데요…?"

아빠도 지지 않고 얼른 끼어들었다.

"좋은 건 배울 수도 있지. 그림체부터 알록달록한 화투는 운 놀음이지, 머리가 트겠냐?"

오늘도 아빠의 완벽한 패배다. 엄마는 화가 났는지 괜스레 행주로 윤이 나도록 깨끗한 가마 뚜껑을 박박 닦았다.

민족 역사 교육도 벅찬데 장기까지 하래. 할아버지는 거절을 못 하게 자연스럽게 치고 들어온다. 장기에 대해선 가끔 구경만 해서 잘 모르지만 그게 공격하고 방어하는 게임이라는 것쯤은 안다. 나와 할아버지 사이에도 이미 게임은 시작된 게 아닐까. 내가 밀리고 있다. 방어하는 법도 모른 채 말이다.

엄마와 할아버지가 시비가 붙어도 할아버지가 이기는 날이 많다. 간혹 엄마 아빠가 한편이 되어 할아버지에게 달려들지만 그래도 어림없다. 할아버지는 언제나 침착하게 말로 다 이겨 먹는다. 그러니까 내가 할아버지의 제안을 거부하고 도망가는 건 거의 불가능하다는 뜻이다.

엄마가 그사이 기름에 튀긴 누룽지에 설탕을 묻혀 내 입에 하나 넣어 주면서 귓가에 속삭였다.

"홍희야, 장기를 배워. 티비에 보면 장기 신동도 있고 그러지 않든? 한 1년만 꾸준히 배우면 할아버지 못 이겨 먹을까? 애들이 배

우면 더 잘한다던데. 이 어미 속이 쑥 내려가게."

할아버지를 이긴다고? 한번도 꿈꿔 본 적 없는 일이다. 한데 엄마가 부추기니 입안에서 살살 녹는 설탕 때문인지는 몰라도 생각마저 달달해지는 것 같았다. 어쩌면 그런 일이 정말 벌어질지도? 왜 할아버지로부터 도망갈 생각만 했지 밑에서 힘을 키울 생각을 못 했을까. 티비에서 매일 틀어 주는 중국 무협 드라마들을 보면 꼭 빠지지 않고 등장하는 이야기가 있지. 무예를 하나도 모르는 젊은이가 세상과 등지고 깊은 산속에서 홀로 수련하는 고수를 찾아 몇 년간 배우고 나서 마지막엔 스승과 대련하여 이긴 뒤 하산하는 뭐 그런 멋진 장면. 그렇다면 이 집안에서 왕인 할아버지의

위상을 흔들 수 있을지도 모르는 일이다.

할아버지는 심술궂게도 내 공부에 대해서도 자꾸 트집을 잡았다. 학교에서 첫 학기 교과서를 받아온 날도 그랬다. 돋보기를 끼고 거실에 나와서는 역사와 정치 교과서를 꺼내 들고 꼼꼼히 살펴보면서 큰 소리로 말했다.

"학교에서 자식이 뭘 배우는지는 알아야지."

이불을 손빨래하며 힘에 겨워 얼굴을 찡그렸던 엄마와 거실 벽에 비스듬히 기대 조선말 신문을 읽고 있던 아버지는 언제나처럼 못 들은 척했다. 하지만 할아버지는 기어코 한마디를 덧붙였다.

"학교에서는 공산주의랑 중국 역사만 가르치지. 그러니까 그냥 시키는 대로만 하고 조선족 아이다운 생각들을 못 하고 크는 거야."

그제야 아빠가 얼굴을 가렸던 신문을 내리고 불쾌한 표정으로 말했다.

"아버진 그저 옛날 말씀! 중국에서 사는데 중국 역사와 사회주의 사상은 기본으로 배워야 합지예. 요즘은 공산주의 사상이라 안 하고 사회주의 사상이라 하잖습네까. 공산주의가 실현되지 않을 걸 누가 모릅니까."

할아버지는 금방 펼쳤던 정치 교과서의 첫 페이지를 아빠의 코 앞에 들이밀며 언성을 높였다.

"이거 봐라! 여기에 당의 최종 목표는 공산주의 실현이라고 똑똑히 적혀 있잖니."

"목표라잖습니까. 말이 그렇다는 거지. 그 방향으로 노력한다, 그런 뜻이잖습니까. 아버지도 참, 고지식하셔."

두 사람은 늘 이런 식으로 다퉜다.

할아버지는 요즘의 공산당에 대해 불만이 많았고 아빠에 대해선 "코뚜레 끼고 끌려가는 멍청한 소"라고 대놓고 말한 적도 있었다. 엄마는 그럴 때마다 아빠 편을 들었다.

"아버님도 매달 퇴직금 꼬박꼬박 타면서 뭘 그리 불만이 많슴까. 온 가족 생계가 달린 일인데, 불만 있다고 자꾸 말하시면 승진은 언제 하랍니까. 그런다고 뭐가 달라짐까? 답답함다, 정말."

"공산당이 뭐든 다 잘하는 건 아니잖니. 사람이면 옳고 그름을 스스로 판단할 줄 알아야지. 그래야 속지 않고 자기 힘으로 생각할 수 있는 법이니."

이번엔 아빠가 거들었다. 엄마와 아빠는 이내 한편이 되었다. 평소에는 둘이서 잘도 싸우다가 할아버지 앞에서는 또 손발이 척척 맞는 게 신기하다.

"자발적으로 사고하면 뭐합니까. 당에서 다 결정하는데요."

아빠는 얼결에 말해 버리고는 아차, 싶었는지 할아버지가 입을 열기 전에 잽싸게 한마디 덧붙였다.

"당은 인민을 대표해서 올바른 선택을 할 수 있습니다."

"어이구야, 말도 말자."

할아버지는 기가 차다는 듯 머리를 절레절레 저으며 미닫이문을 힘없이 열고 골방에 들어가 버렸다.

이건 아빠가 이긴 게 아니다. 그렇다고 할아버지가 승리를 거둔 것도 아니다. 가끔 할아버지는 어처구니가 없다고 느낄 때 말을 아낀다. 우물가에 놀러 나오는 할아버지들과 겸상을 안 하는 이유도 그 때문이란다. 그들이 할아버지가 역사학자라고 밝혀도 전혀 존중하지 않고, 저마다 손을 휘두르며 가르치려고 들어서 할아버지가 크게 화를 낸 적이 있었다. 나라에서 가르친 역사만 믿는 사람들이라며, 집단 지성의 부재니 세뇌 교육이니 같은 어려운 말을 했는데 나는 그 말이 정확히 무슨 뜻인지는 모르지만 그냥 멋있다고 생각했다. 이건 딱 봐도 역사학자인 할아버지만 쓸 수 있는 고급 어휘였으니까.

나는 아빠와 할아버지 사이에 오갔던 말들을 곱씹어 생각해 보았다. 아직 시비를 가리기엔 나도 헷갈리는 게 많으니까. 학교에선 아빠의 입에서 나오는 말들을 가르치는 것 같다. 난 매번 별 의심 없이 노트에 필기까지 해 가며 듣다가 할아버지가 문제를 삼으며 시동을 걸 때, 그제야 비로소 헷갈리기 시작했다.

할아버지와 아빠의 과거 이야기도 그동안 신물나게 들었다. 두 사람은 항상 "밖에 나가 절대 말하지 마라."고 주의를 주면서도 어린 내가 보는 앞에서 침을 튀기며 다퉜다. 다툼이 벌어질 때마다 과거 이야기는 뜨개실처럼 술술 풀려 나왔다.

우리 집 얘기는 늘 1900년대쯤부터 시작된다고 했다.

키는 작달막해도 등뼈가 굵어 쌀 마대든 큰 돌덩이든 등에 업고 날쌔게 날랐다는 증조할아버지는 모국이었던 조선을 떠나 어느 날 홀연히 만주 땅에 들어섰단다.

풀칠이라도 할 형편이면 계절을 가려 따뜻한 봄에 길을 나서기 마련인데 증조할아버지는 하필 추운 겨울에 떠났다나. 만주의 겨울이 얼마나 추운지도 모르고 무작정 길을 나섰다가 길에서 동사한 사람을 보고 질겁해 얼음판 위에 엉덩방아를 찧었다는 일화는 할아버지에게서 신물나게 들었다.

그렇게 간신히 도착한 만주 땅에서 증조할아버지는 여기저기 기웃거리며 일자리를 찾아다니다가 돌아가시기 세 해 전쯤에야 룡정에 정착했다.

"아부지! 홍희 듣는 데서 만주 땅이라고 하지 맙시다. 나라에서 동북3성이라 하면, 우리도 그렇게 말해야지예. 명색이 아비가 당원이자 공무원인데, 밖에서 정치 교육 잘못 시켰단 소리라도 들으면 어쩌시려고예."

"에끼, 그때는 만주 땅이 맞았잖니. 동북3성이라고 부르기 시작한 건 해방 이후지. 아무리 그래도 명징한 과거의 기억까지 표현 못 하게 하는 거, 그거야말로 모종의 폭력이야."

오오, 명징한 과거, 모종의 폭력이라니!

학교에선 절대 못 배우는 고급진 표현들이다. 이럴 때 보면 할아버지가 새삼 멋지다. 역시 역사학자는 아무나 하는 게 아닌가 보다. 나는 할아버지가 흥분할 때마다 입에서 툭툭 튀어나오는 말들이 좋아서 옆에 앉아 조용히 듣다가 곧잘 혼잣말처럼 따라해 보곤 했다.

아빠는 매번 할아버지의 말빨에 밀렸다.

가끔은 잔소리를 듣다 말고 문을 박차고 나가 버리곤 했는데, 그러면 할아버지는 이야기를 끝까지 하고야 말겠다는 듯 몸을 내 쪽으로 돌렸다. 그러고는 뒷이야기를 이어 갔다.

"그땐 말이다, 만주 땅에 조선 사람도, 일본 놈도, 코 큰 러시아 사람도 뒤섞여 살았다. 공산당도 있고 국민당도 있고, 산적도 많았다. 네 증조할아버지 같은 농사꾼은 늘 곡식을 뜯기면서도 어떻게든 버텼지."

나는 할아버지의 이야기가 꽤 재미있었다. 진심으로 "재미있는 것 같아요."라고 말씀드리면 할아버지는 금세 얼굴에 화색이 돌며 껄껄 웃으셨다.

"통치자들 입맛만 안 탄다면 말이다, 인민들 입에서 나오는 한 입 두 입, 그 꾸밈없는 이야기들이 진짜 역사지. 활어처럼 팔딱이는 역사, 재미있지 않고 배기겠니?"

할아버지가 흥분할 때마다 입에서 어려운 말들이 줄줄 나왔다. 다 이해한 건 아니지만 이럴 때마다 할아버지가 멋있어 보인다. 아빠는 또 불만이겠지. 그래도 어쩌나, 느낌상 할아버지 말이 맞는 것 같다.

아무튼 나는 할아버지에게서 민족 역사와 장기를 배우기로 했다.

개학한 지 일주일이 지난 금요일 저녁, 처음으로 장기판에 마주 앉았다. 발치에서 관심 없는 척 흘깃흘깃 자꾸 내 쪽을 쳐다보는 아빠와 벌써부터 할아버지를 이겨 달라며 애절한 응원의 눈빛을 보내는 엄마까지, 부담스럽긴 했다.

가로 세로 줄이 많은 장기판 위에서 할아버지는 기물의 종류와 움직임, 기본 배치를 알려 주셨다. 말, 차, 포(包), 상(象), 사(士), 졸(卒), 병(兵) 등이 두 글씨체로 새겨진 기물들을 규칙대로 움직여 가며 내 왕인 한은 지키면서 할아버지의 왕인 초(楚)는 따야 이기는 거라고 알려 주셨다. 그러곤 동그란 기물 하나를 손바닥 위에 놓고 입김을 불어 위에 묻은 먼지를 날려 보내고 진지하게 말을 이었다.

"홍희야, 명심해라. 공격도 결국은 수비다."

"어째서에?"

"가끔은 내 걸 지키려면 먼저 칼을 뽑아야 한다. 안 싸우려고 버티는 쪽은 지게 돼 있어. 네 아버지는 수비만 하고 공격력이 약해. 그래서 자꾸 지는 거야. 우리 홍희는 어떤 수를 둘지 궁금하구나."

할아버지는 장기판 앞에서 나와 아빠를 대할 때 말투와 눈빛이 달랐다. 아버지에게는 종종 한심하고 답답하다는 표정을 숨기지 않았다. 하지만 내 앞에선 흥분을 감추지 못하고 핏기 없는 얼굴이 벌게질 때도 있었다. 이상할 만큼 강한 열기가 느껴질 때도 많았다. 할아버지는 내가 틀려도 마치 더듬더듬 말 배우는 아이를 대하듯 설명해 주었다.

어른이 잘하면 당연한 거지만 아이가 잘하면 칭찬받기 십상이니, 장기를 잘 두기만 해도 나를 대단하다면서 예뻐할 것이다. 나는 작은 손바닥 안에 둥글둥글한 기물을 힘주어 쥐었다.

눈앞의 장기판은 마치 다른 나라 지도 같았다. 어깨 너머로 구경할 때는 그저 재미있는 놀음인 줄 알았는데 할아버지와 마주 앉으니 자기소개를 연습할 때보다 더 긴장되었다. 이제 두 나라의 기물들은 서로 싸워야 한다. 무엇보다 꼭 가르치려는 할아버지의 고집, 나는 그것을 눈치챘다. 부담스러웠지만 할아버지가 자꾸 시키는 것들이 어쩐지 싫지 않았다. 막연한 생각이지만 할아버지 같은 어른으로 크고 싶었다. 할아버지는 꽤 멋있을 때가 많았으니까.

룡두레 우물가

개학하고 며칠 뒤 엄마는 담임 선생님은 어떤 분인지, 옆자리 아이는 누군지, 친하게 지내게 된 아이는 있는지 꼬치꼬치 물었다. 뭐, 싫지는 않았다. 이건 엄마의 관심이니까. 나는 담임인 김 선생님의 얼굴을 떠올리다가 불쾌한 기분이 들었다. 그냥, 엄마에겐 이실직고하기로 마음 먹었다.

개학 첫날, 김 선생님은 아이들의 자기소개가 끝난 뒤 천천히 강단에 올랐다. 단발머리에 충혈된 눈, 그리고 커다란 눈동자 때문에 젊어 보이긴 했지만 그 눈을 부릅뜨면 무서울 것 같기도 했다. 안 그래도 떡대 있어 보이는데 키까지 커서 압도적인 느낌이 났다. 김 선생님은 칠판 막대기로 단상을 두어 번 딱, 딱 두드리곤 아이들을 한번 훑어보았다. 아이들이 잠잠해지자 선생님은 자신이 맡은 과목은 정치라고 말했다.

"으아악!"

"휴…;"

비명과 탄식이 여기저기서 터져 나왔다. 틈새로 누군가의 낄낄거리는 웃음소리도 들렸다.

"탄식하고 한숨 쉰 사람 누굽니까?"

김 선생님이 뒤쪽을 쏘아보며 날카롭게 말했다. 나도 슬쩍 머리를 책상에 파묻고 작은 숨을 내쉬었다. 그러고 보니 인상은 당원인 우리 아빠보다 더 고집스러워 보였다. 입만 열면 당 얘기만 할 것 같아서 벌써 숨이 턱턱 막혀 왔다. 이제부터는 중학생답게 규율을 잘 준수해야 한다며 시작부터 잔소리를 늘어놓는 폼이 영 마음에 들지 않았다. 아이들은 바짝 긴장된 표정으로 김 선생님을 쳐다보았다. 눈알 굴리는 소리라도 들리면 큰일 날 것 같았다. 김 선생님이 주의 사항 몇 가지를 더 얘기한 뒤 앞문을 열고 꼬껄쩨 소리를 또각또각 울리며 복도 끝으로 사라졌다. 그제서야 교실 안 긴장했던 분위기가 느슨하게 풀리는 것 같았다.

그때였다.

뒤편에서 경매가 어느새 다가와 내 어깨를 툭툭 쳤다.

"홍희야, 너 자기소개할 때 긴장하는 티도 안 나고 얼굴도 빨개지지 않고 또박또박 말도 잘하더라."

"그래……, 뭐."

나는 심드렁해서 대꾸했다. 느낌이 쎄하다. 나랑 친해 보려고 그러는 것 같다.

하지만 경매는 개의치 않은 듯 불쑥 오래전 이야기를 꺼냈다.

"아, 맞다. 홍희야. 너 재작년인가, 나한테 우리 엄마 일 물어봤던 거 기억나? 그때 진짜 고마웠어."

재작년이라면…… 소학교 5학년 때의 일이다. 그걸 이제 와서?

얼떨떨하긴 했지만 그건 나도 선명하게 기억하고 있었다. 그 무렵 반 아이들 사이에 소문이 돌았었다. 경매네 엄마가 가짜 결혼 수속을 밟아서 남쪽으로 떠났다고. 아이들은 뒤에서 수근거리기만 했지만 나는 호기심을 참지 못하고 직접 경매에게 사실이냐고 물었었다. 화낼 줄 알았는데 경매는 오히려 신이 나서 이런저런 이야기를 털어놓았다.

"결혼 안 한 남쪽 남자랑 등기만 하는 거래. 진짜로 같이 사는 건 아니고. 몇 년간 혼인 관계만 유지하다가 비자가 나오면 이혼한단다. 우리 아빠 치료비도 많이 드니까 엄마가 돈 벌어야 되거든."

너무 투명해서 당황스러웠다. 친하지도 않은 나에게 모든 걸 드러내다니, 나는 저도 모르게 두어 걸음 물러섰다. 하지만 이내 의심 반, 호기심 반으로 또 물었다.

"그렇게 해서 남쪽 남자한테는 뭐가 좋은 거야?"

"돈이지. 엄마가 사례금 같은 거 준대. 꽤 큰돈이래. 진짜 살 것처럼 결혼해 놓고 남자 버리고 도망가는 것보다는 낫지 않아? 엄마가 하는 말이 그게 서로 솔직하고 깔끔한 거래."

나는 경매 말에 깜짝 놀라고 말았다. 사례금이라는 말도 알 듯 말 듯했고, 서로 솔직하고 깔끔한 건 어떤 관계인지 아예 모르겠다. 경매는 얼굴만 소학생이지 속에는 어른이 들어 있을지도 모른다는 생각이 잠깐 들었다. 그때부터 나는 경매에 대해 함부로 말하지는 않았지만 동시에 경매를 보면 슬금슬금 피했다. 굳이 친하게 지내고 싶지 않았다.

"홍희야, 그때 말인데 사실 우리 반에도 엄마가 남쪽 간 애들이 더 있었어. 근데 다들 우리 엄마만 손가락질하더라. 우리 엄마는 그런 사람이 아니야. 나한테는 뭐든 솔직하게 다 말해 준다고 약속한 게 우리 엄마거든. 근데 넌 그때 직접 물어봐 줘서 그게 진짜 고맙더라. 반에서 나에 대해 함부로 말하지 않은 아이는 네가 거의 유일했을걸."

난 그냥…… 할아버지가 항상 말조심해야 한다고 입버릇처럼 했던 말이 생각났을 뿐이었다. 할아버지가 읽어 주었던 「임금님 귀는 당나귀 귀」라는 민족 동화에서도 갈대밭에서 어쨌든 비밀을 말해 버린 게 아닌가. 그만큼 사람은 혀를 참는 게 어렵다고 하셨다.

경매가 고맙다며 호주머니에서 곱게 포장된 쫀득한 남쪽 사탕

하나를 내밀었다. 덥석 받아 먹고 나니 어느샌가 학교 대문 밖까지 같이 걷고 있었다. 솔직하고 깔끔한 관계, 이제 중학생이 되어 생각해 보니 썩 거부감이 들지도 않았다. 아니, 이것도 멋진 말 같았다.

경매가 막다른 골목에서 "내일 또 보자!"라며 손을 흔들자 나도 망설이지 않고 얼른 대답했다.

"응, 내일 봐."

집으로 돌아오는 길에 곰곰이 생각해 보니 경매가 딱히 싫지는 않았다. 공부는 못하지만 나보다 어른스러운 구석도 있고 굳이 숨기려 들지 않고 솔직한 것도 마음에 들었다. 공부는 야무지게 잘하지만 툭하면 삐지고 톡 쏘듯 말하는 경란이보다야 경매가 낫지. 그런데…… 엄마가 알면 좋아할 것 같지는 않았다.

동네 어른들은 경매를 두고 늘 혀를 찼다. 어린애가 벌써부터 조숙하다고, 할머니 손에 맡겨 놓으니 버릇이 없다고 말이다. 경매가 남쪽 가수들을 '우리 오빠들'이라고 부르며 염색 머리와 빠른 춤을 따라 하는 걸 보고는 대놓고 흉도 봤다. 나는 좋아해도 어른들 눈을 피해 몰래 좋아하는데, 경매는 왜 굳이 숨기지 않는 걸까. 그게 조금 창피하기도 하고 부럽기도 했다.

집에 도착할 때 즈음에 입에 물었던 사탕이 가뭇없이 녹아 내렸다. 호주머니에 남아 있던 사탕 포장지를 다시 꺼내 보았다. 까짓

사탕 포장지인데도 두 겹으로 겹쳐 있는 데다가 보관하고 싶을 만큼 고급스럽게 반짝거렸다. 포장지에선 아직도 달콤한 딸기 향이 풍겨 왔다. 나는 코를 대고 킁킁, 하다가 다시 주머니에 넣었다. 하지만 문 앞에 와서는 그냥 바닥에 버렸다.

어쩌다 보니 한달 내내 경매와 붙어 지냈다.

키도 나보다 10센티는 더 커서 같이 다니기엔 은근 부담스러웠다. 경매는 그걸 모르는 건지, 모르는 척하는 건지 하루에도 몇 번씩 아무렇지도 않게 내 자리를 들락거렸다. 숙제 책을 빌리러 오기도 하고 한자의 병음 표기가 헷갈린다고 물어보러 오기도 했다. 가끔은 매점이나 화장실에 같이 가자며 따라붙을 때도 있었다.

그러다 어느 날, 경매가 불쑥 말했다.

"우리 룡두레 우물가에 가 볼까? 너 룡두레 우물 좋아한다며!"

미지근한 태도에도 꿋꿋이 먼저 다가온 경매에게 마음이 약해져서 순순히 응하고 말았다.

방과 후 우물가로 늘쩡늘쩡 향하던 그날은 초가을이었다. 티 없이 맑은 하늘에 양떼구름이 옹기종기 그림처럼 펼쳐져 있었다. 소학교에 다닐 무렵, 이 우물가는 아이들의 임시 놀이터처럼 자주 쓰이곤 했다.

오래전부터 사용되지 않은 우물 입구에 나무판으로 된 덮개가 씌워져 있었다. 안을 들여다보려면 한쪽 눈을 감고 나무 판자조각 틈새에 얼굴을 바짝 들이대야 했다. 그래 봤자 보이는 건 삐쩍 마른 바닥뿐이었다. 딱히 볼 건 없었지만 우물을 감싼 정자 덕에 그늘은 넉넉했다.

우물가 주위엔 장의자에 앉거나 직접 챙겨온 쪽걸상에 기대 초담배를 피우는 조선족 할아버지들이 있었다. 그들은 정자 아래서 장기를 두거나 언성을 높이며 아주 오래된, 조선족과 관련된 일화들을 주고받곤 했다. 무슨 얘기인지는 잘 몰랐지만, 그들의 말소리는 메마른 우물 안에 남은 한 점의 습기처럼 우물가에 오래 머물렀다.

경매는 도착하자마자 우물 입구에 고개를 바짝 들이댔다. 나도 따라 머리를 기울였다. 두 정수리가 나란히 붙은 채 우물 속을 들여다보았다. 경매 말로는 가끔 안에 개구리나 나뭇잎이 떠 있는 게 보일 때도 있다고 했다. 입구가 단단히 막힌 걸 보면 의문스럽긴 했지만 어쩐지 경매는 거짓말을 할 것 같지는 않았다.

"이 우물을 왜 룡두레 우물이라 하는지 아니? 여기서 진짜 룡이 나왔어, 룡이."

쪽걸상에 앉아 있던 어떤 할아버지가 갑자기 우리한테 소리쳤다.

"너희 요즘 학교에서 중국 역사만 배운다며?"

또 시작이다 싶었다. 나는 괜히 딱딱한 바닥을 톡톡 발끝으로 찼다. 할아버지는 뭔가 오래된 얘기를 줄줄 읊었지만, 내 귀엔 '밭 갈고', '전쟁 견디고' 같은 말만 군데군데 걸렸다. 너무 많이 들어서 이제는 그냥 졸릴 뿐이었다. 할아버지는 말을 이어 가며 왼쪽 바지 주머니에 손을 넣었다. 알사탕을 꺼내려는 모양이었다.

경매가 내 손을 잡고 맞은편 장의자에 툭 앉으며 퉁명스럽게 말했다.

"얘 할아버지가 민족 역사학자예요. 실컷 들었어요."

다행히 할아버지는 "오호, 그래!" 하며 금세 말을 접었다. 융통성 있는 어른이라 다행이라고 안도하려는 찰나, 민망해진 손이 꺼낸 알사탕을 그대로 우리 쪽으로 내밀었다.

경매는 받지 말라는 듯 내 옆구리를 툭 쳤지만 나는 엉거주춤 일어나 두 손으로 조심스레 받았다.

"너 은근 착하구나?"

"착한 거 아님. 집에 할아버지가 있어서 그럼."

"그거랑 이거랑 뭔 상관이야?"

"나도 잘 몰라. 하여튼 그래."

경매와는 자주 모호한 대화를 주고받았다.

엄마였다면 "무슨 소리야, 말은 알아듣게 똑바로 해야지."라며 인상을 찌푸렸을 것이다. 할아버지는 집요하게 질문을 퍼부어 끝내 정확한 대답을 끌어냈을 테고. 경매와는 서로 찌뿌듯한 말투로

“그냥”, “글쎄”, “몰라”라고 해도 더 캐묻지 않았다. 그런 말들이 서로 잘 통했다.

삼십 분쯤 앉아 있었지만 딱히 재미는 없었다. 그제야 문득 경매가 집에 가기 싫어서 나를 우물가에 붙잡아 두는 건 아닐까 하는 생각이 들었다. 나도 그랬던 때가 있었다. 그래서 그냥 옆에 얌전히 앉아 있었다.

“시디 들을래?”

경매가 가방을 열더니 시디플레이어를 꺼냈다.

반에서 이걸 가진 아이는 손에 꼽을 정도였고 그중 한 명이 바로 경매였다. 아마도 남쪽에서 돈을 벌고 있는 엄마가 보내 준 선물이겠지.

“작년에 나온 우리 젝키 오빠들 시디야. 「로드 파이터」.”

1번 트랙부터 틀어야 한다며 버튼을 두어 번 딸깍 누르고는 이어폰 한 쪽을 내게 건넸다.

나는 슬쩍 오른쪽 귓바퀴를 손가락으로 훑어 닦고 조심스럽게 이어폰을 꽂았다.

내가 아는 젝키는, 강성훈 오빠가 햇살처럼 웃으며 “어우럽~ 왜 이제서야, 많이 외롭던 나를 찾아온 거야~” 하고 노래하던 팀이었다. 그런 젝키가 시작부터 전자음과 전투적인 리듬으로 고막을 울렸다. 나는 놀라서 얼른 이어폰을 뺐다.

"이거…… 젝키 맞아?"

"그럼. 이것도 우리 오빠들이야."

나른한 초저녁이었다. 어디선가 불어온 소슬한 바람 한 점이 뺨을 스쳤다. 의자에 하릴없이 앉아 있는 할아버지들, 룡정시장 앞을 바삐 오가는 장바구니 든 행인들. 그 사이에 앉아 듣는 전자음에 정신이 번쩍 들었다. 요란한 고함 소리까지 받아들일 수 있다는 사실에 스스로도 놀랄 무렵, 첫 곡이 끝났다. 경매는 기다렸다는 듯 묻지도 않은 감상을 신나게 쏟아 냈다.

그리고 흘러나온 두 번째 곡, 타이틀곡 '로드 파이터'.

들으면 들을수록 빨려 들었다. 노래가 귓속에 가득 울리는 동안에 숨이 확 트였다.

"난 말야, 낯 간지러운 사랑 노래보다 이런 게 더 멋있어. 우리 젝키 오빠들, 진짜 짱이야."

경매는 한껏 신나 보였다. 비디오 재생기가 있는 친구 집에 가 어른들 몰래 봤던 '가요톱10'에는 다양한 가수들이 나왔었다. 한 팀의 앨범 전체를 듣는 건 처음이었다. 처음 '가요톱10'을 봤을 때 핑클 언니들을 보고 깜짝 놀랐었다.

세상에! 남쪽 언니들은 다들 저렇게 예쁜가?

그날 이후로 누가 "넌 누구 좋아해?" 하고 물으면 늘 핑클이라고 대답했다. 하지만 정작 경매처럼 핑클의 앨범을 갖고 있지도, 그들의 노래를 많이 알지도 못했다.

여섯 번째 곡인 '크라잉 게임'을 들으며 나도 모르게 오른발로 까딱까딱 리듬을 맞추고 있을 즈음이었다. 등 뒤에서 강렬한 리듬을 뚫고 짜랑짜랑한 목소리가 들려왔다.

"빠오즈* 있어요! 여기 빠오즈 있어요! 부드러운 소고기 소를 품은 빠오즈도 있고, 고소한 양고기를 품은 빠오즈도 있어요! 한 입 깨물면 육즙이 좌르르 흐르는 빠오즈 팔아요!"

왕두였다.

두 해 전부터였나, 우물가 큰길 건너 골목에 있는 '왕씨네 면집' 아이가 저녁마다 한두 시간씩 우물가에 자주 얼굴을 비췄다. 나는 노래에 정신이 팔려 있다가 산통이 깨져 버려 짜증 난 듯한 표정으로 뒤를 돌아보았다.

"어이, 왕두!"

먼저 왕두를 반긴 건 경매였다.

이어폰을 빼고 정지 버튼을 누른 뒤 그는 익숙한 듯 왕두를 향해 손짓했다.

"오늘도 소고기 소랑 양고기 소 하나씩?"

왕두는 구면을 만난 듯 뚱기적뚱기적 뛰어와 바구니를 바닥에 내려놓았다. 경매는 얼른 내 표정을 살폈다.

*밀가루 반죽을 찐 빵 모양의 중국 음식. 고기나 채소 소가 들어 있다.

"너도 먹을래? 맛있어. 네 개 살까?"

엄마는 늘 말했다. 집에 오기 전에 바깥에서 간식을 먹지 말라고. 바깥 음식은 위생적이지 못할 뿐더러 특히 한족들이 파는 길거리 음식은 더더욱 조심하라고 했다.

"난 괜찮아. 너 먹어."

"그럼 들고 가."

경매는 딱 봐도 나보다 용돈을 넉넉히 받는 것 같았다.

아무렇지 않게 지갑에서 10위안짜리를 꺼내 왕두에게 내밀었다. 왕두는 빠오즈 두 개씩 각각 담아 우리에게 건넸다. 거스름돈을 건네는 사이, 경매가 실실 웃으며 말했다.

"얘 대단하지 않냐? 어떻게 조선족들 성지에 빠오즈 팔러 올 생각을 다 했을까? 그것도 이 년씩이나. 우리 같음 부모님이 허락도 안 했을 텐데."

나는 왕두가 경매의 말을 반쯤은 알아들은 걸 눈치채곤 목소리를 낮춰 말했다.

"하여튼 한족들은 장삿속 하나는 대단해."

왕두는 분명히 나를 기억하고 있을 것이다.

그동안 멀찍이서 지켜보기만 하고 한번도 빠오즈를 사지 않았던 기분 나쁜 아이로 말이다.

왕두가 처음 우물가에 등장했을 때의 일은 아직도 선명하게 기억난다. 우물가는 원래 한족들이 좀처럼 오지 않는 곳이었다. 왕두가 참나무로 엮은 바구니를 들고 처음 우물가에 들어섰을 때 조선족 남자애들이 그 앞을 막아섰다.

"너, 한족이지? 룡두레 우물이 어떤 곳인지 알고 오는 거야?"

그때의 왕두는 빠오즈처럼 귀염성스럽게 동그란 얼굴이 벌겋게 달아올라 있었다. 그 아이는 떨리는 목소리로 말했다.

"여긴… 조선족들의 성지야."

"근데 왜 우물가에서 한족 음식을 팔아?"

왕두는 뒷걸음치며 우물가 비석 옆에 섰다.

그러고는 마치 문 앞에 선 손님처럼 조심스레 말을 이었다.

"난 조선족 김치 좋아해. 빠오즈도 맛있어. 빠오즈랑 조선족 김치 같이 먹어. 더 맛있어! 우린 모두 중화민족!"

발음은 어색했지만 조선말을 하는 왕두는 꽤 신선했다. 나는 왕두가 겉으로는 착한 척하지만 속으로는 딴 생각을 할 아이라고 멋대로 생각해 버렸다. 지금은 몸을 작게 말아 숙이고 목표하던 대로 우물가에 발을 내디뎠지만 언젠가는 한족스러움을 편하게 드러낼 거라고.

예전엔 할아버지가 "한족들은 살아남는 기술이 뛰어나니 경계하라."고 했을 때 귓등으로 흘려들었었다. 할아버지가 조심하라 한

게 어디 한두 가지인가. 한데 왕두를 보고 있자니 화들짝 놀라듯 그 말이 생각났다. 확실히 왕두는 조선족 할아버지들의 잔소리와 아이들의 텃세에도 꿋꿋이 우물가에서 빠오즈를 팔았다. 누군가 싫은 소리를 할 땐 서툰 조선말을 했다.

경매가 단숨에 빠오즈 두 개를 해치우는 걸 지켜보다가 조용히 자리를 털고 일어났다.

벌써 해거름이었다.

"다음에 이어서 같이 듣자."

경매는 그날 나와 한 뼘 더 가까워진 게 기분 좋았는지 만족한 얼굴로 내 어깨에 손을 얹었다.

왕두의 "빠오즈 있어요!"가 다시 들려왔다. 그건 복식으로 내는 깊고 단단한 소리 같았다. 나는 그 소리를 뒤로 한 채 집을 향해 달음박질쳤다.

남쪽에서 온 선물

경매와 친해진 뒤로 방과 후가 기다려졌다.

어제는 문방구에 들러 스티커를 고르고 젝스키스 오빠들 사진도 샀다. 문방구 주인은 사진만 만지작거리다 사지 않는 아이들에게 늘 미간을 찌푸리며 주의를 주곤 했다. 하지만 경매에겐 유독 친절했다. 경매는 이것저것 많이 사니까.

룡정처럼 작은 동네에 대체 뭘 그리 볼 게 많은가 싶었지만 경매는 신강양꼬치 가게며 전자상가에도 날 데리고 다녔다. 양꼬치 가게 앞에 멈춰 선 경매가 주인에게 검지와 중지, 두 손가락을 펴 보였다.

"원래 두 개만 시키면 안 해 주는 데도 많거든. 귀찮대. 근데 여긴 밖에서 초벌해 놓은 걸 마무리만 굽는 거라 된대."

양꼬치 가게는 아버지처럼 반소매 와이셔츠를 입은 어른들이 진을 치고 앉아 염통이나 소간, 소 힘줄까지 몇 십 개를 시켜서 맥주와 곁들여 먹는 곳인 줄만 알았다. 두 개도 시켜 먹을 수 있다니, 처음 알았다.

꼬치를 굽는 남자는 서양 사람처럼 이목구비가 또렷하고 피부가 하얬다. 나는 그를 물끄러미 바라보다가 물었다.

"중국 사람이야?"

"그럼. 위구르족이잖아."

경매가 꼬치를 한입 베어 물며 답했다.

남자는 그들의 전통 복장인 치판 위에 기하학 무늬가 수놓인 화마오*를 쓰고 있었다. 마치 옛 그림책에서 튀어나온 듯한 모습이었다.

"위구르족이 초원에서 말 달리던 민족인가?"

경매가 꼬치를 씹으며 고개를 갸웃했다.

"그건 몽골족이지. 사막 있는 데는 티베트족이 살고."

내가 대답했지만 확신이 선 건 아니었다.

역사 선생님은 조선족이 고유한 민족문화와 언어를 지닌 '큰 민족' 다섯 중 하나라며 자랑스러워하라고 했다. 내몽골이나 티베트 같은 곳으로 여행이라도 가야 그 민족을 직접 볼 줄 알았는데 룽정에서 위구르족을 마주하게 될 줄은 몰랐다.

남자는 우리가 바라보는 줄도 모르고 묵묵히 꼬치를 굽고 있었다. 눈썹이 두껍고 이마에 햇빛이 내려앉은 얼굴은 아이 같기도 어른 같기도 했다.

"소수민족끼리 한어로 소통해야 되는 거 아니야? 이 사람, 한어 못 알아듣나 봐."

내가 속삭이자 경매가 웃음을 터뜨렸다.

"조선말도 못 알아듣는데 뭐하러 작게 말해."

그 말에 나도 웃었지만 그가 한어를 모른다는 사실은 어쩐지 낯설고도 신선했다. 할아버지는 자주 말했다. 우리 민족은 공부를 좋아해서 다른 소수민족보다 학교도 오래 다닌다고. 그래서 우리는 어릴 때부터 당 얘기도 듣고 민족 정책도 알게 되고, 한어도 금방 귀에 익는다나.

그런데 지금 내 눈앞엔 당이니 소수민족이니 뭐가 뭔지도 모를 것 같은 말간 얼굴의 남자가 꼬치를 굽고 있었다. 그는 경매가 내민 지폐를 보고 손짓으로 값을 세고 손가락으로 잔돈을 건넸다. 한어 한마디 없이.

이 남자와 우리가 다 같은 '중화민족'이고 '중국인'이라는 게 어쩐지 이상했다.

"위구르족은 어쩌다 중국 사람이 됐지?"

혼잣말을 하는 척 경매의 반응을 살폈지만 그 애는 못 들은 척
했다. 하긴, 나무 꼬챙이에 꽂힌 양고기에서 육즙이 잘 흘러나와
맛있으면 그만이지. 내가 너무 생각이 많은 건가? 학교 교과서엔
소수민족 역사 같은 건 자세히 안 나온다며, 할아버지는 그게 화
날 일이라고 했다. 근데 왜 화나는 걸까? 잘 모르겠다. 아, 또 머리
가 복잡해진다. 그냥 털어 버리려고 고개를 세차게 흔들었다.

입가에 묻은 양고기 기름기를 닦으며 경매를 따라 전자상가에
도 들렀다. 거기엔 해적판 카세트가 쌓여 있었다. 류덕화 앨범부터
머라이어 캐리, 브리트니 스피어스 노래에 한국 가요까지 없는 게
없었다.

「황제의 딸」 주제가가 하루 종일 웅장하게 상가 안에 울려 퍼졌
다. 경매는 시디플레이어로 음악을 들으면서도 카세트 앞에 꼭 멈
춰 서곤 했다.

"홍희야, 너희 집에도 카세트 있지? 테이프 가끔 사?"

우리 집엔 사촌 언니가 쓰다 넘긴 오래된 카세트가 있었다. 3년
이나 쓴 물건이라 군데군데 칠이 벗겨져 있어서 그걸 학교에 들고
가는 게 늘 부끄러웠다.

"… 있지."

"그럼 여기서 테이프도 좀 사 봐. 어른들 잔소리할 땐 이어폰 귀
에 딱 꽂는 거지."

경매는 히히 웃었다. 그게 정말 가능할까? 우리 엄마라면 분명 버릇없다며 이어폰을 귀에서 빼고 카세트를 빼앗아갈 텐데. 그래도 그냥, 나도 따라 웃었다. 촌스럽게 굴고 싶지 않았으니까.

우리의 최종 목적지는 언제나 우물가였다.

그곳에 하릴없이 앉아 사람들을 구경하거나 시간을 보내다 슬슬 헤어지는 게 일상이었다. 가끔은 우물가에 낯선 손님들이 나타나기도 했다. 이를테면 단체 티를 맞춰 입은 한국 관광객이나 복음을 전하러 온 교회 성도 같은 사람들.

나는 늘 멀찍이 떨어진 곳에서 그들을 호기심 어린 눈으로 바라보았다. 하지만 경매는 먼저 다가가 말을 거는 쪽이었다. 가을의 쌀쌀한 날씨 때문인지 한국 관광객들은 긴 팔 옷 위에 단체 반팔 티를 겹쳐 입고 있었다. 반팔 티의 등에는 '희망을 심는 사람들'이나 '○○○연대' 같은 문구가 또렷하게 적혀 있었다.

그들이 우물가를 빙 돌아보거나 우물을 배경 삼아 단체 사진을 찍을 때면 나는 이곳이 그저 놀이터가 아니라 연변의 민족 명소이자 관광지라는 사실을 새삼 상기하곤 했다.

가끔 관광객들 중엔 우리에게 먼저 말을 거는 어른도 있었다.

"중국이랑 한국이랑 축구 하면 누구 편 들 거야?" 같은 기분 나쁜 질문을 하거나 대한민국이 이제 막 아이엠에프(IMF)에서 회복

중이라는 근황을 전해 주기도 했다.

우리는 아이엠에프가 뭔지는 잘 몰랐지만 워낙 영어 쓰기를 좋아하는 사람들이니 그냥 그러려니 하고 흘려 들었다. 우리도 중국 영향을 받아서 대화 중에 중국어 단어를 아무렇지 않게 끼워 넣듯이 남쪽은 미국의 영향을 받는다고 어른들이 말했던 기억이 떠올랐다. 운이 좋으면 남쪽 지우개나 연필, 한글이 적힌 수건 같은 선물을 받기도 했다. 그 때문인지 한국 관광객들이 우물가에 나타나기라도 하면 근처에서 놀던 아이들도 하나, 둘씩 몰려들었다.

경매는 남쪽 사람들을 '한국인'이라고 불렀다. 그러곤 내게 넌지시 이렇게 묻기도 했다.

"넌 왜 한국을 남쪽이라 불러?"

난 그저 할아버지가 부르던 대로 따라 불렀을 뿐인데 듣고 보니 그랬다.

"홍희야, 남쪽은 대한민국이고 북쪽은 조선민주주의인민공화국이야. 서로 다른 국가야."

누가 모를까 봐, 난 좀 빈정이 상했다. 그래도 그냥 할아버지가 부르는 대로 부르고 싶었다. 남과 북 하면 부르기도 쉽고 더 친근하게 느껴지니까.

"남쪽, 북쪽이라 부르는 게 편해."

경매는 더 말이 없었다. 내가 그렇다면 그런가 보다, 하고 수긍하고 받아주는 경매가 이럴 땐 참 편하다. 나처럼 매사에 왜, 라는 질문을 달고 궁금해하지 않아서 마음 편하기도 했지만 또 가끔은 토론을 할 수 없어서 아쉽기도 했다.

철룡이도 우물가에 꽤 자주 나타나는 아이였다. 시장 안에서 부모가 해산물을 파는 동안 숙제 공부를 마치고 퇴근을 기다리느라 뒤늦게 밖에 나와 서성거리는 모양이었다. 철룡이는 가끔 북어나 북한산 마른 오징어 같은 건어물들을 들고 나와 길게 찢어서는 나와 경매에게도 건넸다.

"너네 마른 건어물도 파니?"

"응. 이리꼬*도 팔고 이것저것 물에서 나는 건 다 팔아."

간혹 부모가 시장에서 장사를 하는 걸 창피해하며 숨기는 아이들도 있는데 철룡이는 장사도 가끔 도와주는가 보다. 같은 반 다른 남자애들처럼 센 척하거나 허세 부리는 법이 없어서 좀 괜찮아 보였다.

언젠가 철룡이는 내게 오징어 다리를 건네며 비밀인 듯 슬쩍 내 귀에 이런 말을 속삭인 적 있었다.

"너희 할아버지 이름이 뭐야? 역사학자라며?"

살면서 할아버지 이름을 묻는 애는 처음이었다. 어정쩡하게 굳어 있는데 철룡이가 피식 웃으며 목소리를 한껏 낮추고 은밀하게

*말린 멸치

말했다.

"우리 할아버지는 이름이 김혁조야. 빛날 혁, 조선 조."

어쩌라고. 말투가 어딘가 자랑스러워서 이건 뭐지 싶은 순간, 할아버지에게 들은 역사 이야기 하나가 문득 떠올랐다.

김좌진 장군처럼 위엄 있고 집안이 뜨르르했던 사람들 중에 우리 민족의 지도자가 많은데 그들은 이름부터가 남다르다고 했다. 옛날에 구국운동을 했던 사람들 중에 민초였던 사람도 있지만 양반집 사람들도 꽤 많았다나. 우리 고조할아버지 이름은 달수란다. 그 얘기 들었을 땐 좀 김이 샜다. 김혁조는 딱 들어도 양반집 출신의 위인 이름 같다.

괜히 심술이 나서, "혹시 북쪽 갔다가 무소식이야?"라고 짚었을 뿐인데 철룡이는 그걸 바로 알아들었는지 눈을 반짝이며 고개를 끄덕였다.

"응. 맞아! 예전엔 다 그랬대. 중국에서 북쪽에 넘어간 투사들은 숙청? 뭐 그런 걸 당하기도 했대."

철룡이가 숙청 같은 멋진 말을 하길래 나도 지지 않고 말해 버렸다.

"그건…… 역사적 비극이야."라고. 할아버지가 했던 것처럼 최대한 어두운 표정으로 가슴 아픈 척 무겁게 입을 열어 말했다. 역사적 비극, 그건 할아버지가 입에 달고 사는 말이었다. 첨엔 뭔가 싶

었는데 안 좋은 일에는 "비극"이라고 표현하면 좀 있어 보이는 것
같았다.

　가을이 다 가고 이제 슬슬 초겨울 바람이 불어올 무렵, 가끔 나
타나던 남쪽 관광객들도 이젠 더 오지 않겠다 싶었다. 아쉬운 마
음에 우물가에 앉아 경매랑 관광객들에게 어떤 선물을 받았었는
지에 대해 이야기를 나누던 참이었다. 이때 중년 아저씨 둘이 커다
란 트렁크 두 개를 끌고 우물가에 슬렁슬렁 나타나더니 나와 경매
에게 말을 걸었다.
　"너네 조선족 아이들이야? 한주*?"
　말투를 들어 보니 남쪽 사람들이었다.
　"조선족입니다. 어째 그램다?"
　경매가 표정이 풀리며 밝게 대답하자 두 아저씨는 반가운 듯 밝
게 웃었다.
　"반가워! 조선족 아이들 좀 모아 줄래? 민족 역사를 잠깐 들으
면 선물을 줄게!"
　그제야 경매는 눈을 반짝거렸다. 아담 하와, 예수님 이야기도 들
었는데 민족 역사쯤이야. 나도 민족 역사라고 하니 어쩐지 구미가
당겼다. 남쪽에서 왔다니 우리 할아버지와는 또 얼마나 다른 얘기
를 들려주실까. 할아버지는 역사가 워낙 거대해서 코끼리 같은 거

　　　　　　　　　　　　　　　　　　　　　　　　　*한족

고, 우린 아무리 알려고 노력해도 그저 겪은 입장에 따라 꼬리나
다리를 만지는 행위를 하는 것뿐이라고 했었지.

"선물이 뭐임다?"

"키홀더."

아저씨가 짧게 대답했다.

키홀더가 뭐더라? 영어 수업을 시작한 지 아직 한 학기도 지나
지 않아서 당최 무슨 물건인지 알 수 없었다. 하여튼 한국 사람들
은 입만 열면 평소에 쓰는 물건도 영어로 말하더라. 나는 그래서
키홀더가 뭐냐고, 같은 민족끼리 우리말로 좀 말해 달라고 요청하
려다가 말았다. 아저씨들이 이미 저쪽 구석에서 마이크를 꺼내며
분주하게 움직이고 있었다.

경매와 나는 얼른 뛰어가 근처에서 놀고 있던 아이들을 불렀다.

"몇 시부터 시작한다니?"

아이들은 멋진 공연이라도 보게 생긴 양 들떠하며 더 많은 아이
들을 불러올 요량으로 물었다.

"몰라. 애들 모이는 대로 시작할 건가 봐."

잠깐 뒤 여기저기서 스물 넘는 아이들이 우르르, 몰려왔다. 다들
어디에 있었던 걸까. 그 사이엔 철룡이도 끼어 있었다. 왕두는 맨
끝 구석에 어정쩡하게 서서 바구니가 아이들 발에 차이지 않게 두
발로 감싸 보호하고 있었다.

아저씨들은 아이들이 제법 모여드는 걸 보더니 흐뭇한 얼굴로 마이크를 들었다. 우물을 등지고 선 두 사람을 아이들이 둥그렇게 에워쌌다. 앞쪽에는 장의자에 앉은 아이들이, 그 뒤로는 선 채로 고개를 내민 아이들이 있었다.

"너네 고국인 남쪽하고 북쪽이 왜 갈라졌는지 알아?"

키가 작고 배가 나온 아저씨가 입을 열었다.

"싸웠슴다!"

어디선가 자신감 넘치는 목소리가 튀어나왔고 아이들은 일제히 깔깔 웃음을 터뜨렸다.

하지만 아저씨들은 웃는 낌새도 없이 그걸 받아넘겼다.

"맞아, 싸워서 갈라졌지. 근데 왜 싸웠을까? 누가 먼저 쳤을까?"

이번엔 아이들이 잠잠해졌다. 그러게, 누가 먼저 쳤지? 왜 싸운 걸까? 나도 아직 할아버지한테 제대로 들어 본 적 없는 이야기였다.

"학교에서 역사책으로 아이* 배웠슴다."

내 뒤에 서 있던 철룡이가 씩씩하게 대답했다. 더 말을 잇고 싶어 입술을 달싹였지만 곧 멈췄다.

"그랬구나. 지금 듣기에 딱 좋겠다."

이번엔 키가 크고 안경 쓴 아저씨가 마이크를 받아 들고 설명을 시작했다. 아저씨는 6월 25일, 북쪽이 먼저 치고 들어와서 남한에서는 그 전쟁을 '육이오'라 부른다고 했다.

*안

그때 어디선가 조심스레 끼어드는 목소리가 들렸다.

"우린 항미원조라 배워요. 티비에서도 맨날 전쟁 영화 나와요. 미국 제국주의만 아니었으면 한국도 지금처럼 자본주의가 되진 않았겠지예."

순간 등골이 서늘했다. 한국에서 온 아저씨들이 듣기에 불편한 얘기일 수 있다는 걸 나는 어렴풋이 눈치챘다. 이게 다 할아버지한테서 그동안 들은 얘기들이 있어서 아는 거지, 얘네는 알 리가 있나. 하지만 키 큰 아저씨는 웃으며 받아쳤다.

"허허, 그랬을 수도 있겠지. 근데 자본주의라고 꼭 나쁠까? 사회주의는 언제나 좋은 걸까?"

아이들은 슬슬 말문이 막혔다. 무작정 한쪽을 고르기 어려운 질문이었다.

이번엔 내가 손을 번쩍 들었다. 아저씨들은 예상보다 진지한 반응에 조금 놀라면서도 반가워하는 눈치였다.

"왜 아직도 통일 안 합니까?"

할아버지는 언젠가 통일이 되면 늙은 몸이라도 꼭 고국 땅에서 죽고 싶다고 하셨다. 그 말이 떠올라 나도 모르게 입이 열렸다.

아저씨는 "좋은 질문이야."라며 웃더니 곧 설명을 이어 갔다.

"체제가 너무 다르거든."

나는 도무지 이해가 가지 않았다. 한족은 별난 문화까지 다 끌어안아 큰 나라를 만들었다는데, 우리처럼 말도 같고 얼굴도 같은 민족이 체제 하나 때문에 갈라져 있다니. 그게 그렇게 어려운 일인가?

그때 옆에 있던 아저씨가 조심스레 말을 얹었다.

"전쟁이 나면 제일 고생하는 건 국민들이니까. 그리고 미국이든 중국이든 또 끼어들지 몰라. 이건 감정만으론 안 되는 현실적인 문제지."

그 말엔 나도 고개가 끄덕여졌다. 전쟁은 아무리 생각해도 안 되는 일 맞으니까. 근데 미국이랑 중국은 왜 또 끼어드는 걸까? 더 궁금했지만 그냥 참았다. 가만 보면 어른들은 애들 질문을 슬쩍 귀찮아하는 것 같다. 공부는 잘하라면서 질문이 조금만 많아지면 싫어한다. 할아버지만은 안 그러시는데, 대신 말이 너무 많다. 질문 하나 했을 뿐인데 이때다 싶은지 두꺼운 책 꺼내서 어느 페이지를 펼쳐 놓고 수업처럼 말씀하신다. 내가 무슨 대학생 언니, 오빠들도 아니고.

학교에선 중국 역사를 배우고 집에선 할아버지한테 민족 역사를 들었다. 왔다 갔다 듣다 보니 어느 순간부터는 저절로 비교하게 됐다. 중국도 남북도 다 똑같이 쪼개지고 침략당했는데, 방법은 좀 달랐다. 중국은 유목민이 쳐들어올까 봐 만리장성을 쌓았다가 결국은 주변 민족까지 다 끌어안아서 '중화민족'이 됐다 했다. 그래서 지금은 자기들이 대장 노릇 하는데, 솔직히 얄밉긴 해도……
뭐 저런 방법도 있겠구나 싶었다.

내가 이런 얘기를 꺼냈더니 할아버지는 바로 얼굴이 굳었다.

"애초에 체급이 달라. 중요한 건 조선인은 그 와중에도 계속 싸
우고 버텼다는 거야. 덩치 큰 애가 싸움에서 이기는 거랑, 질 걸 알
면서도 목숨 걸고 달려드는 싸움은 다른 거다. 우린 그게 가능한
민족이지."

할아버지 목소리는 단호했고 조금 떨리기도 했다. 또 항일운동
얘기로 넘어갈 기세였다. 나는 할아버지 마음 한쪽엔 아직도 나라
잃던 시절 분노가 남아 있는 것 같다고 느꼈다.

할아버지가 늘 자랑하는 건 세 가지다. 거북선, 훈민정음, 그리고
저항 정신. 이건 거의 보물 취급이었다.

근데 반 친구들은 중국 갔다 와서 만리장성 앞에서 찍은 사진
자랑을 잘만 했다. 사진 속 장성은 진짜 있었다. 돌로 높이 쌓여 있
고, 올라갈 수도 있고, 햇볕 아래 끝없이 이어져 있었다.

그런데 나한테 그건 아무 상관없는 것 같았다. 만리장성은 한족
거지, 우리 조상 건 아니니까. 우리 조상은 1900년대 이후에 이 땅
으로 이주해 온 사람들이잖아. 그러니까 내 피랑 더 가까운 건 거
북선일 거다.

문제는, 나는 그 거북선을 한번도 본 적이 없다는 거다. 할아버

지가 보여 준 사진이나 책 속 그림도 영 진짜 같지가 않았다. 있다고 믿고 싶은데, 믿으려 하면 할수록 자꾸 멀어지는 것 같았다. 그런 생각이 머릿속에서 둥둥 맴돌고, 입안에 쓴맛이 돌던 참에 남쪽에서 온 아저씨들이 박스 하나를 꺼냈다.

드디어 기다리던 키홀더를 선물 받는 시간이었다.

정교하게 노란 상자에 포장된 선물을 나눠 주자 남자아이들은 즉석에서 바로 포장을 뜯었다.

"에이~ 열쇠고리네."

아이 몇몇은 실망스러운 표정을 굳이 숨기지 않았다.

"이 꽃은 뭐임다?"

경매가 열쇠 고리에 달린 꽃을 매만지며 큰 소리로 묻자 나는 참지 못하고 얼른 대답했다.

"무궁화야. 남쪽을 대표하는 꽃이래."

별거 아니지만 괜히 자랑하고 싶었다. 난 이런 것도 알고 있음을 아저씨들이 내심 알아봐 줬으면 좋겠다 싶었다. 마침 키 큰 아저씨가 나와 눈을 마주치더니 가까이 다가와 선물 하나를 더 내밀었다.

"처음부터 끝까지 집중해서 잘 듣더구나. 선물 하나 더!"

기분이 째질 것 같았다. 내가 선물을 덥석 받자 다른 아이들도 달라고 아저씨들에게 보챘다. 다섯 개밖에 남지 않았으니 가위바위보를 하라고 하자 아이들은 그 선물이 뭔지도 모르고 신나게 손들을 내밀었다. 아저씨들도 즐거운지 심판까지 서 주었다. 선물 증정이 끝나고 우물가를 배경으로 아이들과 기념 촬영까지 마친 아저씨들은 "얘들아, 반가웠어! 다음에 또 만나!" 하며 콘서트를 마치고 퇴장하는 가수들처럼 잔뜩 상기된 얼굴로 사라질 때까지 우리에게 손을 흔들어 주었다.

"남쪽 사람들은 우리랑 뭐가 다를까?"

나는 사라지는 아저씨들의 뒷모습을 지그시 바라보며 혼잣말을 했다. 이번엔 경매가 선뜻 답을 주었다.

"엄마 말이 한국 사람들은 속이 좁대."

"그게 무슨 소리야?"

난 놀라서 되물었다. 오늘 만났던 아저씨들이나 우물가에서 만났던 손님들은 부드러운 서울 말투에 예의도 밝아 보이던데.

"한족들은 대범하잖아. 웬만하면 그냥 그런가 보다 하잖아. 근데 엄마가 사회주의 사상이 있으니까 주위 한국 아줌마들이 대놓고 싫어한대. 배운 게 그건데 어떻게 갑자기 바꿔? 엄마는 중국 사람이라는 말도 잘 못한대."

처음 듣는 말이었다. 경매는 엄마 생각이 나는 듯 눈가가 촉촉히 젖어 있었다.

"그리고 울 집에 위성 안테나가 설치되어 있어서 한국 방송도 보는데 거긴 정치인들이 맨날 싸워. 시위도 자주 하는 것 같고. 작은 나라가 아주 그냥 와자작거리는 것 같더라."

"싸워? 시위도 해?"

내가 상기된 듯 떨리는 목소리로 한껏 톤을 높이자 경매가 "응." 하며 어리둥절한 표정을 지었다. 할아버지가 노상 해 주셨던 말씀이 문득 떠올랐다.

"경매야, 힘이 비슷하면 끝까지 힘겨루기 하는 거잖아. 근데 한쪽이 훨씬 세면 어쩔 수 없이 눌려 살아야 한대. 우리 할아버지가 말씀하시길 겨루기를 해야 뭔가 배우고 생각도 커진대. 그냥 지배만 당하면 머리도 안 쓰고, 그저 먹고 사는 것만 신경 쓰게 된대. 그래서 싸우고 시위하는 거, 난 그거 꽤 괜찮아 보이는데? 우리 조선족보다 낫지 않아?"

"우리보다…… 낫다고? 중국은 커다란 밥상 차려 놓고 우리도 거기 앉혀 주는 거잖아. 좋은 거 아냐? 울 엄마 말로는 남쪽은 나라가 갈라져서 아직도 전쟁 무섭다고 한다는데. 우리는 그런 걱정은 없잖아. 이렇게 큰 나라 안에 있으니까."

오늘따라 경매가 그냥 안 넘어간다. 특히 남쪽 얘기만 나오면 나보다 더 잘 아는 척하고, 자신감이 뿜뿜한다. 한데 어쩌나, 경매 말에도 일리가 있긴 한데 난 남쪽이 싸우고 시위도 한다는 말에 혈관 속 피가 끓는 것 같았다.

경매와의 신경전 같은 대화가 끝나자마자 나는 선물을 품에 안고 곧장 집으로 달려갔다. 뜯어 보고 싶은 마음이 굴뚝같았지만 꾹 참았다. 할아버지와 함께 열어 볼 참이었다.

집까지 뛰는 내내 내 심장도 선물 상자도 콩콩 뛰었다. 속에 뭐가 들었을까. 필기 책? 인형? 혹시 공책? 무궁화 열쇠고리는 할아버지께 드리면 분명히 좋아하실 거였다.

문 앞에서 숨을 가다듬고 조심스럽게 들어섰다. 엄마는 등을 돌리고 무를 썰고 있었다. 소리를 들었을 텐데도 고개를 돌리지 않았다. 가끔 그러하듯 오늘도 못 본 척해 주는 날인가 보다.

나는 슬그머니 할아버지의 골방으로 숨어들었다.

무궁화 열쇠고리를 내밀자 할아버지는 돋보기를 꺼내 들고 조심스레 들여다보셨다.

"무궁화네. 영원히 피고 지지 않는 꽃이지."

눈가에 잔잔한 미소가 번졌다.

"이걸 날 준다고?"

"네! 강의 열심히 들었다고 선물 하나 또 받았슴다."

으쓱하며 상자를 책상 위에 올리자 할아버지는 허허 웃으셨다.

"남쪽 손님이 또 뭘 주셨을까. 궁금하긴 하네. 얼른 뜯어 보거라."

막상 열어 보면 별거 아닐 수도 있었다. 하지만 선물을 받는 설렘, 포장을 뜯기 전의 두근거림이 나는 좋았다. 노란 포장을 천천히 벗기자 안에서 단단하고 정교한 작은 상자가 나왔다. 조심조심 뚜껑을 열자 둥글고 반짝이는 선물이 고개를 내밀었다.

"지구본이네!"

할아버지가 박수까지 치며 소리쳤다.

"한글로 나라 이름이 다 적혀 있구나. 이렇게 정교한 지구본은 난생 처음 본다."

그러고 보니 우리 교실에 걸려 있는 세계지도에는 나라 이름이 전부 한어로 적혀 있었다. 할아버지는 지구본을 두 손에 들고 조심스럽게 돌리기 시작했다. 그리고는 감탄에 가까운 한숨을 내쉬셨다.

"홍희야, 이것 좀 봐라. 남쪽이랑 북쪽 사이에…… 분계선이 없구나. 이게 진짜 지도지. 진짜 우리 고국이지."

손가락이 가리킨 곳을 보니 정말로 그랬다. 하지만 지구본 위에서도, 거대한 중국 지도의 머리 부분 밑에 붙은 고국은 할아버지의 손가락 하나로도 가려질 만큼 작았다.

"에계…… 일본보다도 작슴다에."

"크기가 뭐가 중요하냐. 워낙 아름답고 좋은 땅이라, 맨날 침략만 당했지."

할아버지는 분세신 없는 조그마한 그 땅을 아기 볼 만지듯 조심스럽게 어루만지셨다. 한참을 그렇게 들여다보다 살짝 들뜬 목소리로 물으셨다.

"이 귀한 걸…… 날 주겠다고?"

"네. 할아버지께 꼭 드리고 싶었슴다."

당황한 듯 어쩔 줄 몰라하시던 할아버지는 거절하지 않으셨다. 두 뺨이 발그레해졌다. 그렇게 좋아하실 줄은 몰랐다.

"그래. 나중에 내가 죽으면, 홍희 너에게 다 물려주마. 지금은 내가 잘 보관하마."

"에이, 죽는단 소린 하지 마쇼. 홍희 시집갈 때까지 산다 했잖슴까."

할아버지는 껄껄 웃으셨다. 그러나 눈가에는 눈물이 맺혀 있었다. 할아버지 말로는 늙은이는 한껏 웃고 나면 눈물이 나오는 법이라고 했다.

"홍희한테 이렇게 귀한 선물도 받고…… 여태까지 오래 살기 참 잘했다."

지구본을 남북이 마주 보이도록 돌려놓은 할아버지는 혼잣말처럼 중얼거리셨다.

"남쪽은 요즘 사상이 너무 노랗고…… 북쪽은 또 너무 빨개서…… 여기가 그나마 제일 나은 거 같아."

나는 할아버지 곁에 오래 앉아 있었다. 책상 위의 지구본은 전보다 더 단단해 보였고 빛이 나는 것 같기도 했다. 장난처럼 그것을 살짝 돌려 보았다. 작은 나라 위로 조심스럽게 돌던 자전축처럼 내 마음도 괜히 그쪽으로 쏠렸다.

그런데 말이다.

그 아저씨들은 왜 굳이 우물가까지 와서 우리한테 선물도 주고 민족 역사 얘기도 해 줬을까. 또 궁금해졌다. 세상은 모르는 게 진짜 많다. 물어보면 알 수 있는 것도 있겠지만, 그래도 잘 모르겠는 게 훨씬 더 많은 것 같다. 나는 그때마다 입술을 달싹이며 질문을 하고 싶다가도 어른들의 무표정에 기가 눌리거나, 분위기 때문에 애써 호기심을 눌렀다. 할아버지는 눈치 보지 말고 알고 싶은 건 파고들라고 하셨지만 그게 어디 말처럼 쉽나. 다음에 혹시 그 아저씨들을 또 마주치면 눈치껏 물어볼까 보다.

광장무

할아버지는 나와 장기를 둘 때 차 하나와 말 하나를 빼고 두었다. 나는 매번 첫 수부터 차를 들고 득달같이 달려들어 할아버지의 졸이나 한두 개 잡다가 차부터 먹혔다. 상대방이 어떤 수를 두는지 관찰부터 해라, 그리고 모방부터 해 봐라, 조급해하지 말고 머릿속에서 그림을 그리면서 움직이라고 할아버지는 수없이 잔소리를 했지만 내가 두 달째 변화가 없으니 드디어 역정을 내셨다. 할아버지 말을 귀담아듣지 않을 거면 장기를 가르치지 않겠다나. 나도 뾰로통해서 자리를 차고 일어났다. 억지 숙제 하나 안 해도 되는 기분이었다. 답답한 장기판에 앉아 있느니 경매랑 우물가에 놀러 가고 문방구에 가고 말지.

그래 놓고는 정작 내가 학교가 끝나 집에 돌아오자 할아버지는 거실에 슬그머니 장기판을 펴 놓고 장기 책을 들여다봤다. 일부러 기물이 움직이는 소리도 장기판에 딱, 딱 부딪치며 냈다. 예전엔 이러지 않았는데. 누가 봐도 나 보라는 듯 질척거리는 거였다. 그렇지만 나는 눈치 없는 척 모르쇠를 했다. 끝까지 버티는 쪽이 이기는 거지, 뭐.

소슬한 가을 바람에 점점 냉기가 실렸다. 곧 추운 겨울이 올 테니 예전보다 더 자주 경매와 우물가에 놀러 다녔다. 동북의 겨울은 밖에서 나돌아다니면 뼛속까지 추위가 파고들고 입술도 얼어붙을 지경이다. 그러니 겨울이 오기 전에 최대한 많이 놀아 둬야 한다.

왕두는 벌써 와 있었다. 언제나처럼 경매를 보자마자 신나게 달려왔다.

"경매야, 오늘은 빠오즈 두 개 사면 너한테만 구운 완즈* 하나 공짜로 줄게. 우리 가게에서 새로 만든 건데 진짜 맛있어."

경매는 옆에 있는 나도 느낄 수 있을 만큼 기분이 좋아 보였다.

빠오즈가 식을까 봐 비닐로 겹겹이 싼 바구니 안을 왕두가 조심스럽게 헤칠 때 경매노 옆에 쪼그리고 앉아 고개를 들이밀었다. 그러다 내 쪽을 힐끗 바라보며 어느 때보다 활기찬 얼굴로 입속말을

 *고기와 야채, 밀가루 등을 섞어 작고 동그랗게 만든 중국식 미트볼.

했다.

"네 것도 챙겨 달라고 말할게."

"에이, 됐어."

나는 무심한 척 대답하며 몸을 일으켰다. 그리고 경매에게 빠오즈를 내미는 왕두를 발끝부터 머리까지 천천히 훑어봤다. 어린애가 장삿속 하나는 기가 막히네.

경매는 가끔 빠오즈가 질렸다고 다른 걸 먹고 싶다고 말하곤 했다. 하지만 왕두가 반가운 얼굴로 달려오기만 하면 결국 마음이 약해져 지갑을 열었다.

경매는 한입거리인 완즈를 절반만 맛보더니 나머지 절반을 내게 들이밀었다.

"야야, 먹어 봐. 진짜 고소해."

난 마지못한 척 침을 꼴깍 삼키고 입을 크게 벌렸다. 엄마는 한족 음식보다 민족 음식을 많이 먹어야 한다고 맨날 교육하지만 빨갛고 탐스러운 탕후루랑 짭쪼름한 차단*이랑 그리고 기름에 향을 내 볶은 차오차이**에 처음 맛본 이 앙증맞고 고소한 완즈까지, 반하지 않고는 배길 수가 있나.

경매는 왕두에게 완즈는 얼마냐고 물은 뒤 열 알이나 더 샀다. 가방에 소중하게 넣어 가서 저녁에 비디오를 보며 간식으로 먹는다나.

<hr>

*홍차나 보이차 등의 차에 간장과 향신료, 삶은 계란을 넣어 끓여 만드는 계란 요리.
**중국 볶음요리

"너도 두세 개 줄까?"

경매가 넌지시 물었지만 난 힘껏 머리를 저었다. 이러다 경매한테 받아먹는 거 습관 들라. 다음엔 나도 경매에게 뭐라도 사 줘야지.

그때였다.

멀지 않은 곳에서 광장무 추는 사람들이 북을 울리고 쒀나[*]를 요란하게 불며 다가왔다. 고개를 돌려 보니 평소 같았으면 헐렁한 운동복 차림으로 춤을 췄을 한족 아주머니들이 오늘은 빨강, 노랑, 연두 같은 원색의 중국 전통 복장을 입고 있었다. 화려한 무늬와 깃털 장식까지 한눈에 봐도 꽤 정성 들인 차림이었다.

익숙한 풍경이었다.

추운 겨울을 제외하고 봄부터 가을까지 한 달에 두어 번은 이 동네 광장에서 광장무가 벌어졌다.

대부분 조선족이 사는 동네라 평소엔 열 명 남짓 모였는데 그날은 대충 봐도 서른 명은 족히 넘어 보였다.

두 명씩 가지런히 줄을 서서 빨간 깃털이 달린 부채를 들고 중국 전통 음악에 맞춰 몸을 흔들었다. 그들은 두 걸음 뒤로 슬쩍 물러났다가는, 다시 힘차게 세 걸음, 네 걸음 앞으로 성큼 나왔다.

춤은 반복됐고, 그 리듬은 느리지만 일정했다.

"오늘 무슨 기념일이야?"

*중국 전통 관악기. 작은 나팔처럼 생겼는데 소리가 아주 크고 날카롭다. 주로 결혼식, 축제 등에서 연주된다.

“아닐걸……:”

아이들은 점점 가까워지는 광장무 팀에서 눈을 떼지 못했다.

“우물가 쪽으로 오는 거 아니겠지? 굳이……:”

아이들이 수군대는 사이, 의자에 앉아 있던 조선족 할아버지들이 어험, 헛기침을 하며 자리에서 일어났다.

“고의로 저러는 게야. 다른 길로 돌아갈 수도 있는데 굳이 민족 성지인 우물가 쪽으로 오는 걸 봐.”

할아버지들의 표정엔 불쾌함이 그대로 묻어 있었다.

우리 할아버지도 광장무 추는 한족 아주머니들을 별로 좋아하지 않는다. 문화대혁명이 떠올라서 불쾌하다나.

그들이 천천히 우물가로 다가오자 할아버지들이 자리에서 벌떡 일어났다. 서툰 중국어로 돌아가라고 필사적으로 소리를 질렀다.

하지만 그들은 멈추지 않았다.

꽹과리며 북, 쒀나까지 뒤섞인 소리가 워낙 떠들썩해 들리지 않았을 수도 있지만 무엇보다도 그들은 좀처럼 옆을 돌아보지 않고 앞만 바라보고 있었다. 부채는 일정하게 흔들리고 그들의 발걸음은 느긋하고 태연했다.

하나, 둘, 두 걸음 작게 뒤로. 또 셋, 넷, 큰 걸음으로 앞으로 전진. 그 움직임엔 조급함도, 흔들림도 없었다.

그게 더 답답했다. 우리는 불쾌했고 배알이 꼬였다.

우리의 분노는 튕겨나가는 공처럼 허공에 부딪혔다.

남자아이 몇몇이 작은 돌멩이를 광장무 사람들 쪽으로 던졌다. 그제야 앞줄에 있던 아주머니 두세 명이 이쪽을 돌아봤다.

앙칼진 소리로 뭐라 말했지만 입 모양으로 봐도 무슨 말인지는 알 수 없었다. 못 알아듣기는 우리도 마찬가지였다.

아이들이 젖 먹던 힘까지 끌어 모아 고함쳤다.

"다신 이쪽으로 오지 마!"

하지만 그들의 발걸음은 흐트러지지 않았다.

누구도 서두르지 않았고 말로 응수하지 않았다.

한 명이 부채를 '탁' 하고 접으며 이쪽을 노려봤고 잠시 흐트러졌던 대열은 다시 곧게 정렬되었다.

그리고 그들은 천천히, 아주 천천히 우리의 시야에서 사라졌다.

광장무 일행이 사라지고도 한동안 우물가는 남녀노소 할 것 없는 분노로 가득 차 있었다. 마치 공기에도 그 열기가 남아 있는 듯했다. 나는 그 우글우글한 화가 이상하게도 싫지 않았다.

항상 마지막까지 남아 있던 왕두는 그날만큼은 바구니를 들고 말없이 자리를 떴다. 걸음이 빠르지 않았지만 그 뒷모습은 겁에 질려 있는 것 같았다.

"왕두…… 내일 또 오겠지?"

나는 혼잣말처럼 중얼거렸다. 멀어지는 왕두의 등을 보는데 미안했다. 왕두 너에게 그러는게 아니라고 괜히 설명해 주고 싶었다.

"쟤 내일 또 올걸? 쟤가 아니라 부모가 더 무서워. 어릴 때부터 장사 배우라고 교육시키는데 안 나오겠냐."

경매가 옆에서 피식 웃으며 대답했다. 그건 내가 느끼는 감정을 읽고 안심시키는 거였다.

집으로 돌아오는 길에 할아버지에게 오늘 목도한 일을 그대로 알려 드려야겠다고 마음 먹었다. 조선족은 속에 화가 많아도 뭉칠 줄 모른다고 하셨지, 매사에 줏대 없고 순응적이라 하셨지. 그동안 할아버지가 해 줬던 많은 말들을 한 귀로 듣고 다른 귀로 흘려보낸 줄 알았는데, 조용히 먼지처럼 쌓였다가 이런 날은 또렷하게 죄다 기억났다.

"할아버지!"

나는 대문을 박차고 앞마당에 들어서며 힘차게 불렀다. 주물종이 경쾌하고 맑은 소리를 냈다. 이미 차려진 밥상에 세 식구가 나란히 앉아 있었다.

"홍희야, 점점 늦어지고 있구나. 밥때는 지켜야지. 한 번 더 늦으면 우물가도 못 갈 줄 알라!"

엄마가 내 얼굴을 보자마자 으름장을 놓았다. 난 개의치 않고 할아버지 옆에 바짝 들러붙었다.

"할아버지, 오늘 우물가에서 광장무 추는 한족들을 봤슴다!"

아직도 흥분이 가시지 않은 목소리로 이야기를 풀었더니 아버지가 핀잔을 줬다.

"중화민족끼리 단결하라고 당에서 그렇게 교육을 시켰건만! 기싸움한 게 자랑할 일이야?"

할아버지는 늘쩡늘쩡 입안의 마늘 짠지를 꾹꾹 씹더니 천천히 입을 열었다.

"힘센 쪽이 약한 쪽한테 단결하자고 하면, 그건 그냥 말 잘 들으라는 거잖아. 싫으면 싸워야지."

"아버님은 홍희한테도 대체 뭘 가르치길래 싸운 걸 보고 이렇게 신나 할 수 있슴다?"

어머니도 지지 않고 할아버지에게 달려들었다.

또 2대1이다. 아찔하다. 이게 아닌데.

그럼에도 할아버지는 눈썹 하나 까딱하지 않고 다음 말을 이었다.

"그래, 광장무 얘기 나온 김에 오늘 밥상머리 교육 좀 해야겠다. 그 광장무 추던 한족 아주머니들 말이야, 그중에 분명히 문화대혁명 때 홍위병들이 있어."

"홍위병이요?"

나는 눈이 휘둥그레져서 바투 물었다.

"그래, 역사책에선 그냥 대충 나올 거야. 중국은 좋은 건 길게 배우고, 나쁜 건 얼른 넘어가니까. 문화대혁명 땐… 뭐, 우리 족보도 뺏기고, 민족정신도 없어졌다잖아. 똑똑한 사람들은 막 끌려가고. 할아버지도 그때……."

"아버님!"

할아버지의 말이 길어지자 엄마가 불쾌한 듯 미간을 찌푸렸다. 아버지도 화난 듯 숟가락을 탕! 하고 밥상 위에 놓았다. 아버지가 밥상에서 할아버지에게 이렇게 무례하게 군 건 처음이었다. 나는 부쩍 구미가 당겨 할아버지 입만 쳐다보고 있다가 엄마의 매서운 눈초리를 보고 슬그머니 머리를 숙였다.

"홍희도 어엿한 중학생인데 이젠 들을 때가 됐지."

"요즘 누가 문화대혁명 때 소리를 합니까. 다들 잊고도 잘만 삽니다."

아버지가 오늘따라 할아버지에게 한마디도 지지 않고 쏘아붙였다.

"그게 우리 조선족 문제잖아. 그냥 잊지 말고, 계속 얘기하고, 애들한테도 알려 줘야지. 좋은 일이든 창피한 일이든."

"그건… 그저 상흔임다. 기억해 봤자 아무 의미 없는 과거의 상흔."

아버지가 모래알 씹는 듯한 표정으로 중얼거렸다.

"감옥 간 건 난데 왜 네가 상처냐?"

"할아버지가 감옥에 갔었슴다?"

나는 깜짝 놀라 목소리를 높였다.

집안의 오래 된 비밀을 알게 된 기분은 충격이었다. 심장이 쿵, 쿵 뛰었다. 나는 입안 가득 밥알이 있다는 것도 잊은 채 그저 멍해졌다.

"하이고~."

엄마가 한숨을 쉬며 밥 가마 쪽으로 몸을 틀었다.

"그만하기쇼. 다 옛날 일 아임다."

"옛날 일일수록 잘 흘려보내야지. 덮어 두기만 하면 가슴에 응어리가 맺히는 법이야. 계속 입 꾹 닫고 있으면 정신까지 해이해진다."

나는 엄마의 작은 뒷등을 흘깃 보고 아버지의 불편한 표정을 애써 무시하곤 할아버지 무릎 쪽으로 한 걸음 더 다가앉았다. 그러곤 떨리는 목소리를 한껏 낮추어 귓속말처럼 말했다.

"전 꼭 듣고 싶슴다. 그게 우리 가족 이야기라면 말임다."

약주 몇 잔에 얼굴이 불콰해진 할아버지가 나를 힘주어 껴안으며 등을 몇 번이고 두드렸다

"어른들보다 우리 손녀가 낫다. 내가 이런 날을 보려고 질긴 목숨 이래 오래 살았나 보다."

이제 아버지와 어머니는 더 이상 대화에 끼지 않았다. 할아버지와 나 사이에 작은 정적이 흘렀다. 나는 그제야 침착하게 입안 가

득한 가지 밥을 꼭꼭 씹어 넘겼다. 아직도 진정하지 못한 심장이 콩콩 뛰고 있었다.

"그게… 그러니까 1970년이었지. 문화대혁명이 한창 기승을 부릴 때였다. 난 그때 서른 여섯이었고. 큰형 집에 홍위병들이 갑자기 들이닥쳐서 족보를 내놓으라는 거야. 형은 그걸 지키겠다고 김치움 깊숙한 데 숨겼는데, 결국 홍위병들이 기어들어가서 족보를 꺼내 불태워 버렸지."

할아버지는 다음 날 학교에서 아이들에게 "집에 민족 족보가 있으면 잘 숨기라."고 말했다가 잡혀 갔다. 누군가 고자질했다는 게 아직도 믿기지 않는다며 할아버지는 머리를 절레절레 저었다.

"광란의 시대였어. 홍희, 너보다 그저 머리통 하나 더 큰 애들이 홍위병이라면서 지식인들, 제 아버지뻘 되는 이들을 겁 없이 끌고 다녔다. 얼굴에 침 뱉고, 조리돌림 시키고……. 나는 그래도 감옥 가서 7년 버티고 나왔지만, 큰형은 수치심을 견디지 못하고 울화병으로 돌아가셨어.

한데 웃기는 건 뭔지 아냐. 그 홍위병들이 지금 와서도 죄책감이 없어. 저 광장에 있는 한족 아줌마들 중에 홍위병이 돼 갖고 날뛰면서 우리 형 조리돌림 시킨 사람들도 분명히 있을 것 같아 속이 부글부글한다. 그때 조선말 역사서랑 고향에서 들고 온 족보들 숱해 태웠지. 여태 사과 한마디도 없어. 다들 '그땐 다 그랬다'는 말로 퉁치려 하지. 그러곤 히히덕거면서 부채춤 추는 꼴이 영 눈꼴 사나워."

할아버지의 목소리가 뚝 끊기고 방안엔 다시 정적이 흘렀다. 나는 할아버지 얼굴을 바라보았다. 그 눈동자 어딘가가 마치 지금도 여전히 수감 중인 것처럼 깊고 어두워 보였다.

"그러니까 앞으로도, 우물가는 절대 오지 말라 그래."

나는 대답 대신 다시 가지 밥을 씹었다. 이번엔 아무 맛도 느껴지지 않았다.

"그래도 국가에선 뭐라 그러니. '우여곡절 많은 탐색'이라 그러지. 피해자가 얼만데. 그걸 적당히 덮어 두는 국가나, 침묵하는 인민이나 똑같지."

할아버지의 말에 아버지의 표정이 한결 심란해졌다. 그 표정의 의미를 나는 알 수 없었다.

반에서도, 선생님들 사이에서도, 누구 하나 문화대혁명 때 노부모가 겪은 일을 입 밖에 낸 적은 없었다. 말하면 안 되는 과거였다.

"그땐 조선족만 그런 게 아니라 다 그랬던 건데요, 뭐."

아버지가 한숨을 쉬며 말했다.

"당이 정치를 하다 보면 잘할 때도 있고 못할 때도 있고……, 그런 거지. 그리고 그건 마오쩌둥 실수지, 지금 정부와는 뭔 상관입네까."

여기서 끝내자는 신호 같았다. 나도 그쯤은 어렵지 않게 눈치챌 수 있었다. 하지만 할아버지는 기어코 호통을 쳤다. 그건 화약고에 불을 붙인 것이나 다름없었다.

"에끼! 사내자식이 나서야 할 땐 줏대 없이 몸 사리고, 수긍해야 할 땐 꼴에 당원이라고 국가 편 드는 꼴 봐라. 도무지, 어디 날 닮은 구석이 없다!"

"아버지야말로 그놈의 영웅 놀음에 빠져서 남은 가족들 생각은 안 합지예! 아버지 감옥 가 있는 동안 어무이는 삼형제 키우다 마음고생으로 돌아가시고…… 저는 공부 잘해도 정치범 아들이라 입당 못 할까 봐 얼마나 움츠리고 살았는지 압니까? 그래도 국가가 그거 개의치 않고 절 받아 주고, 간부도 시켜 줬으면 잘한 거지예!"

"에끼! 못난 놈! 네 눈엔 이 애비가 정치범으로 보이냐!"

할아버지 얼굴이 벌게지더니 그대로 밥상을 엎었다. 엄마가 소스라치게 놀라며 짧은 비명을 질렀다. 나도 울음을 터뜨리며 뒤로 물러섰다. 아버지는 벌떡 일어나 쾅! 하고 문을 닫고 나갔다. 할아버지는 신경질적으로 미닫이문을 드르륵 닫으며 방 안으로 사라졌다.

"쿨룩, 쿨룩쿨룩!"

골방 안에서는 마른 기침에 화가 섞인 듯한 거친 숨소리가 연달아 터져 나왔다. 밥상을 정리하던 엄마가 이내 분을 참지 못하고 내게로 다가와 등을 세게 후려쳤다. 몸 안 깊은 곳에서 뼈와 함께 울리는 듯 고통이 퍼졌다.

"집 오자마자 쓸데없는 소리나 해 갖고!"

놀라서 눈물이 뚝뚝 떨어졌지만 입술을 꾹 깨물었다. 그들이 그런 말을 하고 그런 행동을 한 데는 각자 감당하기 힘든 마음들이 있었을 거라는 어엿한 생각이 문득 들었다. 그 마음들을 다 이해할 수는 없었지만 가족 중 "아무도" 미워하지 않기로 했다. 할아버지가 평소에 말씀하시기를 원래 사람들은 아프거나 힘든 진실은 모른 척하기 일쑤라고 했다. 나한테는 그런 어른으로 크지 말라고 내 눈을 똑바로 보며 교육을 시켰으니, 엄마에게 한 대 맞았지만 후회되지는 않았다. 어차피 언젠가는 알게 될 가족사였다. 알고 나니 마음이 복잡하긴 했지만 한 뼘 더 자란 것 같았다. 그날의 나는, 이 정도쯤은 감당할 수 있는 단단한 아이처럼 굴고 싶어졌다. 그런데도 마음과 달리 몸은 추운 것처럼 으스스 떨렸다. 모두가 침묵하는 집 안에 가만히 앉아 있는 게 무서웠다.

엄마는 힘없이 밥상을 정리하고 거실 장판을 닦았다. 그러곤 좀 전에 있었던 일이 신경이 쓰였는지 자리에 눕자마자 어둠 속에서 더듬더듬 내 머리를 만져 주며 신음 같은 목소리로 중얼거렸다.

"상처라는 것도 자꾸 드러내야 잘 아무는 걸 누가 모르니. 아휴,

근데 말이야, 그냥 드러내기만 한다고 능사는 아니야. 더 꼭꼭 숨겨야 할 때도 있고, 그런 거지.”

엄마는 내가 누군가와 싸우고 돌아온 날이면 언제나 내 눈을 들여다보며 말했다.

“어떻게 된 거야? 다 말해 봐.”

나는 그때마다 울먹이며 자초지종을 털어놓곤 했다. 그러고 나면 마음이 조금 풀리고 스스로도 잘잘못이 또렷하게 정리됐다. 그러니, 아픈 건, 슬픈 건 입을 열어 말해야 한다고 나는 믿었다.

그런데 왜 엄마는, 어떤 때는 ‘숨겨야 할 때’도 있다고 말하는 걸까? 더 물어보고 싶었지만 노곤한 엄마의 한숨이 이내 고른 숨소리로 바뀌었다. 덩치가 작고 마른 엄마는 종일 쉴 틈 없이 집안일을 하느라 돌아치다가 자리에 누우면 3초 만에 기절하듯 잠드는 날이 많았다.

며칠 뒤, 이 이야기를 경매에게도 꺼냈다. 경매는 히죽 웃더니 예상 외로 덤덤하게 말했다.

“난 알 것 같아. 말하는 것도 들어 주는 사람이 있어야 말하지. 나도 엄마가 한국 간 뒤로는 자꾸 참게 되더라. 처음엔 섧다가…… 이제는 그냥 말하는 것도 귀찮아졌어.”

“네 마음은…… 괜찮대? 그래도 된대?”

내가 걱정스럽게 묻자 경매는 잠시 눈에 눈물이 고였다. 그러다 그 눈물이 마치 눈동자에 흡수되듯 스르르 사라졌다.

"애도, 뭘 갑자기 훅 치고 들어와. 순간 울 뻔했잖아."

"아니…… 너무 속상한 건 나한테 말하라고. 그래도 말하는 게 좋지, 말 안 하면 더,"

나는 끝까지 말하지 못했다.

그런데 경매 말이 정말 맞는 걸까. 조선족들은 문화대혁명 때 받은 상처를 그저 마땅히 말할 곳이 없어서 참다가, 진짜로 잊은 걸까? 그런데 할아버지는, 듣는 이 없어도 곱씹는다. 말을 꺼내고, 그 말을 다시 스스로 되새긴다. 그렇게 스스로 기억하고 또 내게 들려준다.

할아버지의 비밀을 알게 된 이후, 며칠 뒤 집에 돌아가 보니 거실에 장기판을 펼치고 앉아 있던 할아버지가 "홍희야."하고 부르셨다. 무겁게 불러서 난 괜히 쫄았다.

"여기 와서 앉아 봐라."

나는 말대꾸를 하면 안 될 것 같아 조용히 장기판 앞에 마주 앉았다.

"기물 움직이는 걸 기억하기 귀찮아서 그만둔다 했지? 근데 오래전 일들은 잘 기억하고 그걸 기준으로 오늘을 제대로 사는 사람이 되고 싶지?"

할아버지가 이렇게 장기와 일상을 연결시키며 공격해 올 줄은 몰랐다. 움찔했지만 내 손에는 마땅히 방어할 수가 떠오르지 않았다. 제대로 배운 적이 없으니.

문득 우물가에서 그날 봤던 광장무가 머릿속에 떠올랐다. 그들은 두 걸음 뒤로 물러섰지만 이내 물러선 걸음보다 더 큰 걸음으로 성큼 앞으로 또 두 걸음 나아갔다. 멀리서 보면 답답할 정도로 천천히 가는 것 같은데도 어느샌가 우물가까지 접근해 왔던 거다. 잘 모르긴 해도 광장무는 과거의 잘못 위에 다시 세워진 오늘 같았다.

"장기를 잘 두면…, 어떻게 됨까? 할아버지처럼 똑똑한 어른이 될 수 있슴까?"

"지금처럼 할아버지가 일러 주는 역사책도 열심히 읽고 장기도 몇 년씩 꾸준히 두면 생각할 줄 아는 사람이 되지. 그럼 세 가지를 깨우치게 된다."

할아버지가 또 손가락 세 개를 빼 든다. 아, 또 그거.

나는 누구인지, 무엇을 해야 하는지, 어떤 사람이 되어야 하는지.

좀 믿기지는 않는데 이럴 때 보면 할아버지는 약 파는 장사꾼 같다. 근데 자꾸 그 말들이 믿어져서 귀가 솔깃해진다.

"장기……, 제대로 다시 배워 볼게에."

"정말이니? 할아버지랑 손가락 걸고 약속할 수 있니?"

할아버지가 얼굴이 빨개지며 흥분한 듯 투박한 새끼손가락을 내밀었다. 그깟 장기가 뭐라고, 저번에 내가 안 한다 할 때는 엄청 속상해하시더니 지금은 또 좋아서 입술이 막 움찔거리는 거 다 보인다.

"박홍희, 요 다람쥐같이 쪼꼬만 게! 이랬다저랬다 하면서 할아버지 속을 들었다 놨다 하는구나. 배운다 했으면 좀 제대로 배워라. 저번에 배우지 않겠다고 빼는 바람에 할아버지가 얼마나 속이 탔는지 줄담배를 피웠다 아이니."

옆에서 엄마가 거들었다. 그 때문인지 나는 얼굴을 들지 못하고 힘없이 새끼손가락을 내밀었다. 할아버지의 새끼손가락이 내 새끼손가락을 갈고리처럼 힘차게 채 갔다.

"아야!"

손가락 아프다고 엄살을 피웠더니 그제야 할아버지가 시름이 놓이는지 허허허, 하고 호탕하게 웃었다.

뭐, 어차피 곧 겨울이라 바깥에 나가기도 귀찮은데 다시 장기나 배워 보지 뭐.

펼쳐진 장기판

격주 금요일마다 아버지 동료들이 우리 집에 몰려왔다. 처음은 지난 가을쯤이었다. 우리 집이 마침 정부 기관의 뒷골목에 있어서 그런지 술 마시고 돌아오는 길에 그냥 들른 거였다. 세 명이었는데 아버지랑 같은 사무실에서 일하는 사람들이라고 했다.

그날 일곱 시쯤, 술 냄새를 풍기며 아버지가 들어왔다. 그러곤 눈을 슬쩍 굴리며 엄마를 살폈다.

"명색이 당 간부들이라…… 밖에서 포커 치긴 좀 그래서 집으로 데려왔소."

아버지 목소리가 괜히 작아졌다.

엄마는 잠깐 가만히 있다가 눈동자를 또르르 굴렸다. 그러더니 뜻밖에도 이렇게 대답했다.

"밥도 우리 집에서 잡수쇼. 그래야 늦지 않게 가시지 않겠습까. 늦게 들어가면 사모님들이 걱정하시잼까."

나는 엄마가 진짜 그런 말을 하는 게 이상했다. 아버지도 순간 멍해진 얼굴로 입술만 실룩거렸다. 좋아하는 것 같으면서도 못 믿겠다는 듯이.

그 이후로 당 간부들이 손님으로 오는 날이면 아침부터 집이 뒤집혔다. 엄마는 바닥을 닦고 먼지를 털고 할아버지한테는 뜨거운 물을 데워 놓을 테니 씻으라고까지 했다. 나는 학교 끝나자마자 곧장 집으로 와야 했다. 괜히 딴 데 갔다간 엄마한테 혼날 게 뻔했다.

집에 들어서면 먼저 간부 아저씨들한테 공손하게 인사를 해야 했다. 그 다음엔 엄마 부엌일을 거들다가 할아버지랑 골방에서 밥을 먹었다. 그래도 숙제는 꼭 거실 구석에서 해야 했다. 아저씨들이 고래고래 웃고 떠드는 소리에 머리가 울릴 정도였지만 아무렇지 않은 척 연필만 움직였다.

술에 취한 간부 아저씨들이 "잘 쉬다 간다!" 하면서 우르르 나갈 때면 엄마는 꼭 구두를 신고 문 앞까지 배웅했다. 할아버지는 처음엔 따라 나갔다가 나중엔 아예 골방에 틀어박혀 버렸다. 대신 나는 운동화를 꿰어 신고 엄마 옆에서 고개를 숙였다.

간부 아저씨들이 다 가고 나면 엄마는 양말을 벗어 바닥에 툭

던지고 몸빼 바지로 갈아입은 뒤 부엌으로 들어갔다. 아버지도 괜히 재떨이를 비우고 창문을 열며 엄마 눈치를 봤다. 그렇게 북적이던 집은 금방 조용해졌고 우리 식구들은 그제야 시름을 놓은 듯 지쳐서 각자 할 일을 했다. 그래도 늘 뜻대로 되는 건 아니었다.

엄마는 늘 당 간부들 얘기는 밖에 나가서 절대 말하지 말라고 했다. 그래서 나는 경매한테도 꾹 참았다. 사실 말하고 싶어 죽겠다. 술 먹고 토한 일, 돈 잃었다고 삐친 일, 텃밭 토마토를 허락도 없이 따 먹던 일……, 심지어 술김에 가마목에 쓰러져 자다가 우리 집 식구랑 같이 아침에 깨던 일도 있었는데. 입이 근질근질했지만 꼭꼭 눌렀다.

가끔 어떤 아저씨는 할아버지 방 문을 그냥 덜컥 열고 머리만 내밀었다. 마치 방 안이 궁금한 사람처럼 고개를 배꼼 내밀고는, "여기서 뭐하심둥?" 하고 눈치 없이 웃었다. 할아버지는 그럴 때마다 얼굴을 잔뜩 찌푸렸다. 다음엔 노크하라고 말해도 그 아저씨는 또 그대로였다.

그런 날이면 아저씨들이 다 가고 난 뒤 할아버지는 괜히 큰 소리로 옛날 얘기를 했다. 김구 선생, 신채호 선생…… 또 무슨 나라 잃은 얘기.

"김구 선생, 신채호 선생…… 나라 잃었을 때도 고귀한 정신을 지킨 사람들이지."

나는 사실 누가 누군지 잘 몰랐다. 그냥 교과서에 나올 것 같은 이름이라고만 생각했다. 할아버지는 또 "어떤 이는 북한 갔다가 죽었다, 또 어떤 이는 중국에서 일하다 버림받았다," 같은 얘기를 이어갔다. 그러곤 마지막에는 꼭 한숨을 쉬며 말했다.

"훌륭한 분들이 다 사라지고 남은 게 고작 이런 조선족 간부들이라니."

아버지는 얼굴이 벌게져서 더는 못 듣겠다는 듯 끌신*을 끌고 밖에 나갔다. 근데 엄마 눈치 때문인지 5분도 안 돼 다시 들어왔다. 담배 냄새가 은은하게 밴 채로.

당 간부 중에는 한족인 '쑈친'도 있었다. 딱 봐도 다른 간부 아저씨들보다 훨씬 어려 보이는 그는 선전부 소속 막내라고 했다. 아버지 말로는 한족 공무원이 거의 없던 부서에 그가 새파란 나이로 배치되자 모두들 한바탕 쉬쉬했다지. 선전부는 엄청 까다로운 곳이라는데, 높은 자리 사람들도 거기서 많이 나왔다고 했다. 처음엔 간부들의 승진이며 서열 같은 것은 어른들 일이라 관심이 없었는데 자꾸 듣다 보니 천천히 나도 눈치가 트는 것 같다. 아무튼 다른 조선족 간부 아저씨들이 쑈친을 견제하고 탐탁치 않아 하면서도 함부로 대하지 못하는 게 내 눈에도 가끔 보였다.

*슬리퍼

쑈친은 마르고 길죽한 게 오이 같았다. 말투는 한족이었지만 조선말도 제법 잘했다. 그는 매번 아무렇지 않게 미닫이문을 열고 안을 기웃거리곤 했다.

중국 역사 지식에 대한 자부심이 있는 듯 할아버지가 과거에 역사학자였다는 사실을 안 뒤로는 어떻게든 말을 붙이려 들었다.

결국 우려하던 일이 벌어졌다.

그날 쑈친은 또다시 미닫이문을 드르륵 열었다가 민족 역사책을 들여다보던 할아버지의 노한 눈빛과 마주쳤다. 그는 아랑곳하지 않고 거들먹거리며 무슨 책이냐고 한어로 물었다. 할아버지는 들은 척도 하지 않았다. 쑈친은 잠시 멈칫하더니 혼잣말로 중얼거렸다.

"민족 역사학자면……, 한어를 알아들을 텐데?"

그러고는 한참 뒤에야 마지못한 듯 우리말로 다시 물었다.

"책을 읽소."

할아버지는 내키지 않은 듯 짧게 대답했다. 쑈친은 기어코 손을 뻗어 책 제목을 소리 내어 읽었다.

"독…사…신론? 이게 뭐예요?"

"항일 독립운동가 신채호 선생의 논설집이오."

쑈친은 이맛살을 찌푸렸다. 중국 항일 지도자 중에 그런 이름은 처음 듣는 듯 고개를 갸웃했다.

그게 시작이었다.

뿌연 담배 연기, 침 튀기는 웃음소리, 포커판 위로 던져지는 카드 소리 사이에서 할아버지의 언성이 점점 높아지고 있었다.

아버지가 급히 골방으로 달려왔지만 이건 아버지가 말릴 수 있는 기싸움이 아니었다.

"조선족은 중앙에서 믿어 줄 리가 없지요. 예전 주덕해 시절엔 주은래 총리가 조선족을 꽤 챙겼는데…… 그 뒤로는 어땠습니까. 대약진운동 땐 다들 친척 찾으러 이북으로 달아났고, 지금은 또 남쪽이 잘 산다니까 그쪽으로 줄줄이 넘어가잖아요. 이런데 중앙에서 큰 자리를 맡기겠습니까. 일은 잘하지만 줏대도 없고, 의리도 없어요."

쑈친 말은 낯설고 듣기 거북했다. 나는 할아버지에게서 장기를 배울 때처럼 쑈친이 한 말들 중에 알아들을 만한 단어들을 곱씹으며 그 의미를 알려고 머리를 굴렸다.

할아버지는 바로 목소리를 높였다. 마치 전부 들으라는 듯 거실을 향해 쩌렁쩌렁 외쳤다.

"개처럼 굴라는 거요? 애초부터 조선족이 강해지지 못하게 눌러 놓고! 지도자도 없고, 발붙일 자리도 없으니 다들 떠나는 거지."

순간 포커를 치던 손들이 멈췄다. 공기가 가라앉았고 모두의 표정이 굳어졌다.

할아버지는 말을 이어 갔다.

"김학철 선생님처럼 기개 있던 분들도 있었지. 민족을 지키고 체제를 비판하다 감옥살이도 했어. 진짜 지도자들은 다 북쪽이나 남쪽으로 넘어가 버려서 여기엔 남은 사람이 없어. 당에 잘 보이려 하기보다 당을 긴장시키는 민족이 되어야지. 지금 중앙은 조선족보다 몽골족이나 장족을 더 지켜볼걸. 조선족 지도자들은 말 잘 듣고 얌전하니 신경 쓸 필요도 없지."

나도 뭔가 큰일이 났다는 걸 알 수 있었다. 그때, 엄마가 조용히 내 손에 장기판을 쥐어 주었다.

"장기를 배우렴."

그러곤 다짜고짜 내 등을 골방으로 밀었다. 등에 닿은 손이 바르르 떨리고 있었다. 그러곤 엄마는 아무 일 없다는 듯 밝은 목소리로 말했다.

"감주랑 식혜도 준비했습다. 시원하게 한 잔씩 드시고예~."

거실에선 다행히 다시 포커 소리가 이어졌다.

어느 간부가 서툰 한어로 쑈친을 달래는 목소리도 들려왔다. 아무도 뭐라 하지 않았지만 아저씨들 표정이 굳어 있을 게 뻔했다. 엄마가 마실거리를 내오는 소리와 함께 어색한 웃음과 카드 소리가 다시 거실을 메웠다.

나는 골방에 들어가서 할아버지 앞에 장기판을 펼쳤지만 눈에 들어오지 않았다. 할아버지도 기물을 움직일 염을 하지 않는 걸 봐서는 아직 화가 가시지 않은 것 같았다.

"에끼! 시라소니 같은 것들! 저런 소리 들어도 다들 가만히 있는 거 좀 봐라. 우리 홍희는 절대 저렇게 자라면 안 된다!"

할아버지가 아까보다는 목소리를 낮춰서 혼잣말인 듯, 나 들으라는 듯 헛갈리게 말했다. 나는 얼른 눈을 들어 미닫이문이 잘 닫혀 있나 보았다. 할아버지에게서 문화대혁명 때 감옥 갔던 일을 들었던 때처럼 심장이 콩콩 뛰었다. 뭐랄까, 할아버지가 이럴 때면 당황스럽고 놀라긴 하지만 어쩐지 싫지는 않다. 좀 멋있는 것 같기도 하고, 하여튼 다른 집 할아버지들이랑 다르게 어딘가 팔딱이는 게 있는 것 같았다. 좀 있다 간부 아저씨들이 다 가면 아빠 엄마가 또 합세해서 할아버지에게 무슨 말을 할지 몰라 그게 좀 걱정되었다.

그날은 예전보다 일찍이 다들 자리에서 일어났다. 엄마의 손을 잡고 문 앞까지 마중을 나왔는데 맨 뒤에 서서 천천히 걷던 조직 인사팀의 방 아저씨가 아버지에게 슬쩍 말을 걸었다.

"다들 쑈친이 버릇 없이 노인을 건드려 생긴 일이라 생각할게요. 그 말의 내용까지 곱씹을 사람은 없소. 다들 속이 넓어 곧 잊을 테니 걱정 말고."

아버지의 어깨를 두드리고 돌아가려던 다른 한 간부 아저씨도

걸음을 멈추고 물었다.

"아버님은 민족 정신이 그렇게도 투철하신 분이 왜 연변에 남으셨소? 본적이 어딘가? 이남인가? 이북인가?"

단순한 궁금증이었는데도 아버지는 얼굴이 벌겋게 상기되어 그렇다 할 대답을 못했다.

옆에서 가만히 있을 수가 없었다. 엄마는 자꾸 입을 다물라, 끼어들지 말라고 가르치지만 나는 입이 근질거려 참을 수가 없었다.

"우물쭈물하다가 그렇게 됐담다."

"응? 뭐라고?"

간부 아저씨가 눈을 크게 뜨고 내게로 몸을 굽혔다. 엄마가 옆에서 그만 말하라는 듯 옆구리를 꼬집었지만 나는 야무지게 엄마 손을 쳐내곤 그 다음 말을 이었다.

"그냥…… 재산 좀 더 모아야지, 몸도 낫고 가야지, 그러다가 못 간 거람다. 고조 할아버지는 여기서 돌아가셨담다. 그래서 아예 갈 길이 막혀 버렸담다."

"홍희는 가족사까지 잘 알고 있구나."

그 간부 아저씨는 껄껄 웃더니 이내 씁쓸한 말투로 뒷말을 이었다.

"남이나 북이나…… 돌아가 봤자 땅도 집도 없는데 뭐. 민족심이 밥 먹여 주겠나."

나는 그 말이 어쩐지 서운하게 들렸다. 할아버지가 들었으면 가

슴 아파하실 것 같았다. 엄마는 그저 저들의 말에 맞장구를 쳐 주
느라 바빠 보였다. 당 간부 아저씨들이 시야에서 사라진 뒤 나는
부리나케 골방에 뛰어들어가 미닫이문을 슬쩍 닫아 버렸다. 그리
고 새우등을 하고 누워 있는 할아버지 옆에 등을 붙이고 누웠다.
언제부턴가 할아버지 몸에서 이상한 냄새가 났다. 엄마 말로는 그
게 노인 냄새란다. 예전보다 할아버지에게 자주 씻으라고 잔소리
를 했다. 하지만 나는 개의치 않았다. 맡다 보면 금세 익숙해질 냄
새였다.

　밖에선 거실을 쓸고 닦는 소리, 엄마와 아빠가 도란도란 오늘 일
에 대해 심각하게 주고받는 듯한 말소리가 들렸다. 잠결에 할아버
지가 슬그머니 이불을 당겨 내게 덮어 주는 기척을 느꼈다. 다행히
엄마는 미닫이문을 노크하고 불쑥 들어와 오늘 일을 문제 삼지는
않았다.

　할아버지는 다음날 아침에 아들 내외를 볼 면목이 없었는지 머
리를 숙이고 애꿎은 국물만 후룩후룩 들이켰다. 당 간부들 앞에서
조차 항일투사처럼 기개가 넘치던 할아버지가 엄마 아빠 앞에서
는 주눅이 든 것처럼 조용해졌다.

　"아버님, 이제는 아예 미닫이문 안에 자물쇠를 하나 만들기쇼.
불도 끄고 일찍 주무시면 누구도 그 미닫이문을 열어 보지 않을
겜다."

할아버지는 말이 없었다. 나는 엄마가 너무 하다 싶어서 숟가락을 탕 놓고 교복을 챙겨 입었다. 간밤에 할아버지 등에 기대어 잠을 뒤척이다가 문득 슬펐었다. 그러다 말았는데 엄마가 함부로 말하자 그 슬픔이 다시 떠올라서 싫었다.

"아버님이 쌈닭처럼 구니 홍희도 저 모양이쟴까."

나의 작은 반항에 엄마는 이때다 싶어 또 할아버지를 슬쩍 공격했다. 엄마는 이런 식으로 꼭 아버지에게도 미안해할 때 더 세게 말했다. 그래서 결국 아버지를 고분고분하게 만들었지. 할아버지가 미안함에 잠시 약해졌을 때 기회다 싶어 또 대드는 게 싫다. 이럴 땐 내가 할아버지 대신 싸워 주고 싶어졌다.

"쌈닭이 뭐 어때서예. 나는 차라리 쌈닭이 되겠슴다. 그저 참고 모른 척하는 것보다 나은 거 같은데에."

엄마에게 용기 내어 처음으로 대들고 나니 속이 시원했다. 이제 중학교 1학년이 되니 내 키도 엄마와 거의 비슷해졌다. 엄마랑도 붙어 보고 싶어졌다. 무서워도 해야 할 싸움이 있지. 할아버지도 그랬으니까.

"아버님, 좀 보쇼. 홍희 벌써 저렇게 쌈닭처럼 구는 거. 저게 다 아버님한테서 배운 게 아임다."

나는 힘껏 엄마를 노려보고 문을 쾅 닫고 나와 버렸다. 속으로는 이게 맞나 싶은 게 파르르 떨리기도 하고 어리둥절하기도 하지만 그냥 그래도 되는 거라고 믿기로 했다. 큰소리친 거 절대 후회하지 않기. 난 엄마한테 길들여지지 않고 싸울 거다.

당 간부 아저씨들은 두 주 뒤에 우리 집을 다시 찾았다. 엄마는 혹시라도 그들이 오지 않을까 그동안 마음고생을 꽤 했다. 그러다 한 사람도 빠짐없이 온다는 말을 듣고는 어딘가 들뜬 표정을 지었다.

쑈친은 다들 밥 먹을 때 즈음에 뒤늦게 주물종 소리를 요란하게 울리며 들어왔다. 쑈친은 늘 한발 늦게 들어와서는 간부 아저씨들이 누군가 싶어 한 번씩 쳐다보는 시선을 즐기는 것 같았다. 주물종 소리에 다들 긴장하는 건 혹시나 정부기관 서열로 1등이라는 박 서기가 들어올까 봐서였다. 하지만 이내 당 간부들은 주물종 소리만 듣고도 박 서기인지 쑈친인지 분별했다. 박 서기가 들어올 때는 어쩐지 주물 종도 무게감 있게 딱 한 번 울리고 마는 것 같은데 쑈친이 들어올 때는 훨씬 요란한 것 같았다.

쑈친은 저번에 할아버지와 한바탕 시비를 턴 이후로 미닫이문을 함부로 열지 않는 대신 방향을 틀었다. 그날은 간부들이 밥을 다 먹고 물러난 밥상을 혼자 차지하고 앉아서 밥을 먹은 뒤 바로 텃밭에 있는 변소로 향했다. 늦게 온 쑈친을 위해 엄마는 얼른 밥상 위 다 먹은 밥그릇을 정리하고 행주로 깨끗하게 닦았지만 쑈친은 그러려니 했다. 감사해하고 미안해하며 밥그릇 같은 것을 옮겨 주기까지 하는 다른 간부 아저씨들과는 달랐다.

당 간부들 중에는 수더분하고 인간적인 사람들이 많았다. 할아버지가 뭐래도 나는 이 아저씨들이 엄청 싫지는 않았다. 포커 판이 끝나면 남은 잔돈을 용돈 삼아 건네주기도 했고 가끔은 날 데리고 상점에 가서 학용품 따위를 사 주기도 했으니까. 누군가 잠깐 변소에 간 사이 날 노름판에 앉히기도 했다.

"중간에 변소 가면 그 자리는 홍희가 앉소. 돈 다 잃어도 그러려니 해야 하오. 맘 급하면 얼른 뛰어들 오시오."

누군가의 농담이었지만 나는 진담처럼 듣고 망설임 없이 빈자리에 털썩 앉았다. 순간 거실은 웃음바다가 되었다.

"박 회계 딸래미 당돌한 데가 있구만."

그때부터 포커 판 빈 자리에 잠깐씩 내가 앉아 카드를 만지는 일은 당연해졌다. 할아버지처럼 굳이 신념이나 과거를 따지지 않고 잠깐만 잊는다면 그런대로 괜찮았다. 거실 안에서 오가는 농담들, 피어나는 웃음꽃, 상기된 순한 얼굴들. 거실엔 생기와 다정함이 있었다. 누군가는 술기운이 오르면 위통을 벗고 배를 북 삼아 두드리며 당을 찬양하는 노래를 부르기도 했다. 이를테면 "공산당이 없으면 새 중국이 없다네" 같은 것들.

겨울이 짙어지고 새천년의 새해가 밝아올 무렵, 아버지는 바라던 대로 승진했다. 직책은 부주임이었다.

진짜로 엄마가 한 해 내내 간부들에게 밥상을 차려 준 대가일지도 몰랐다.

아버지 말로는 주임 자리는 한족에게 돌아갔고 사무실에는 이제 조선족 공무원 셋, 한족 공무원 둘이란다.

"쪽수 싸움임다에? 지금은 3대 2인데, 저기서 한 명만 한족으로 바뀌면 2대 3이라 밀리겠슴다."

조선족과 한족 당 간부들이 기물을 사이에 두고 장기판 위에서 대결하는 모습을 상상하며 아는 척 어른 흉내를 냈을 뿐인데 엄마는 얼굴을 굳히며 호되게 꾸짖었다.

"쪼꼬만 게 못하는 말이 없다야! 밖에서 그런 소리 하면 큰일 난다. 민족끼리 단결해야지, 무슨 쪽수 타령이니!"

"홍희 말이 맞지. 경계심을 품는다고 나쁠 거야 있나. 지금은 시장도 당서기도 조선족이지만, 부시장 부서기 자리는 젊은 한족들이 맡고 있어. 조금만 지나면 자리 바뀌는 건 순식간이지."

할아버지가 내 말을 거들자 아버지는 그제야 표정이 심란해졌다.

"몇 해 전만 해도 조선족 공무원이 압도적으로 많았는데……. 오늘 명단을 훑어보니까 슬슬 한족들이 많아지는 것 같긴 합데다. 그래도 여긴 연변조선족자치주인데……. 무슨 일까지야 나겠습니까."

불쑥 떠오른 불안한 생각을 떨쳐 버리기라도 하듯 아버지는 고개를 절레절레 저었다.

"모르는 소리! 난 아무래도 미심쩍다니까. 내 퇴직 전에 역사학자들과 같이 학교에서 민족 역사 가르치자고 교육청에 탄원서 넣었을 땐 뭐랬게? '민족 단결을 위해 학교에서는 곤란하다, 가정에서 가르치는 건 괜찮다'는 말이 돌아왔어. 이대로라면 한족한테 동화되는 일밖에 더 있겠나. 이대로면 시간은 한족들 편이 될 게다."

나는 잠자코 듣고 있었다. 할아버지가 말하는 동화는 내가 알고 있는 아름다운 동화가 아니라 슬픈 동화라는 것도 깨닫게 된 건 얼마 되지 않았다.

아버지는 말없이 할아버지가 건네는 담배를 받아 들었다. 담배 연기가 집 안에 뽀얗게 차오르자 엄마는 창문을 열었다. 제법 매서운 겨울 한기가 따뜻하던 방 안으로 소리 없이 발을 성큼 들이밀었다.

"홍희야, 장기판이나 들고 와라. 장기 한 판 두자."

늦은 밤이었지만 나는 마지 못한 척 장기판을 들고 와 할아버지 앞에 기물들을 펼쳤다.

사실 요즘 따라 슬슬 장기가 재밌어지는 중이었다. 장기를 제대로 배우기로 마음 먹은 뒤로 벌써 두 달이 지났다. 나는 여전히 지고 있었지만 한 판을 끌고 가는 시간이 점점 길어지고 있었다. 마지막 즈음에 가서는 할아버지가 "흠." 하며 선뜻 기물을 움직이지 못할 때는 짜릿함마저 느꼈다. 생각을 한다는 게 어떤 건지 그제야 느낌을 알 것 같았다.

생각을 한다는 건 마음을 가라앉히고 눈을 크게 뜨는 거였다. 처음엔 머릿 속에서 작은 기계가 부~웅 하고 가동하는 듯한 기분이 들었다. 내가 움직일 수 있는 모든 기물을 머릿속에서 한 번 움직여 보고, 또 그랬을 때 할아버지는 어떻게 움직일지도 예측해야 한다. 그러려면 할아버지가 평소에 어떻게 두는지 잘 보고 기억해 둬야 했다. 갑자기 생각할 것이 많아지자 한 판을 두는데도 하품이 나올 만큼 피로가 몰려오는 날도 있었다. 엄마는 아직 파릇한 어린애가 장기 한 판을 두고 피곤에 쩔어 자냐고 나무랐지만 할아버지는 기분 좋게 껄껄 웃었다.

"요즘엔 아들 놈이랑 열 판 두는 것보다 우리 손녀와 한 판 두는게 더 재밌다니까. 애가 이 할배를 닮아서 죽어라 달려드는데 아주 이뻐 죽겠어."

피곤 때문이었는지 할아버지는 그날 내게 졌다. 나는 끝까지 차를 신중하게 옮겨서 잘 지켜 냈다. 그러곤 막판에 차를 이동시켜서 할아버지의 두 포를 동시에 공격해 버렸다. 갈팡질팡 한참을 눈을 찌푸리고 장기판을 들여다보는 할아버지를 느긋하게 바라보다 보니 늦은 밤인데도 잠을 확 깰 만큼 신나 죽을 것 같았다.

"할아버지 진 거 맞지에?"

들뜬 목소리에 엄마마저 설거지를 하다 말고 뛰어왔다.

"우리 홍희가 드디어 할아버지를 이겼다고?"

벽에 기대어 앉아 있던 아버지도 슬그머니 할아버지 뒤에서 목을 빼 들고 장기판을 들여다보더니 껄껄 웃었다.

"에이, 아부지. 졌구만. 도망칠 데 없구만요."

집안 분위기가 일시에 환해졌다.

할아버지는 민망한 듯 "에잇!" 하고 돌아앉더니 큰소리로 말했다.

"내일부터는 나도 차 둘, 마 둘 다 갖고 싸운다. 이젠 손녀라고 봐주지 않을 테다. 이제부터 정식으로 붙어 보자고. 지금까지는 연습이었지."

근데 할아버지 목소리가 신나 보였다. 졌다는 거 인정하지도 않고 더 세게 나오겠다면서 엄청 좋아하시는 것 같다. 나는 펼쳐진 장기판을 반으로 접고 기물들도 봉투에 담았다. 그러면서 머릿속으로 금방 싸운 판을 다시 돌려 보았다. 할아버지가 당황했던 첫 시점은 아마 내가 졸들을 잘 지켜 낸 것도 모자라 졸 둘을 붙여 같이 밀고 나갔을 때였던 것 같다. 할아버지한테 졸들이 같이 있으면 더 세진다고 배워서 그대로 해 봤을 뿐이다. 나도 잘 몰랐는데 그게 진짜 먹히는 수였던 거다. 그래서 그냥 이겨 버렸다. 머릿속에서 금방 두었던 수들이 살아 움직이는 것 같았다. 나도 이제 할아버지가 겁나지 않는다. 또 덤벼 보라지 뭐, 내일부터 정신 바짝 차릴 테니까.

두부 집 칭씨

1학년을 마칠 무렵, 계절이 한 바퀴 돌아 다시 여름이 찾아왔다. 2000년이 된 해에 사람들은 연초부터 새로운 세기라며 들떠 있었다. 그 열기는 여름이 되어도 식을 줄 몰랐지만 우리 가족은 크게 달라진 게 없었다.

거실에선 여느 때와 다름없이 오래된 선풍기가 힘없이 돌아가고 방학을 맞은 나는 어김없이 할아버지 앞에 앉았다. 장기판을 사이에 두고.

"확실히 어리니까 기억력도 좋네."

"이것 봐라, 홍희는 외운 수만 따라 두는 게 아니라 상황에 따라 수를 바꾸네."

"전체 판세를 보고 유리한 방향으로 두기도 하고. 그렇지!"

장기를 1년 배우니까 좀 다르게 보였다. 할아버지가 내 말을 잡을 것 같으면 미리 알 수 있었다. 할아버지가 어떤 수를 둘지 몇 가지 가능성을 미리 떠올려 보고 그중 내가 덜 손해 보는 길로 말을 몰았다.

장기판 앞에 마주 앉는 시간이 길어질수록 할아버지는 종종 담배를 물었다.

예전보다 잔소리는 줄고 대신 말들끼리 치열하게 싸웠다. 서로를 베고 막는 전쟁처럼. 우린 초읽기를 30초로 정해 두었고 중반 이후부터는 시계 초침 소리에 맞춰 얼굴이 점점 굳어졌다. 그 즈음에 할아버지가 내게 가르쳤던 건 장고였다. 30초 동안 천천히 다음 수를 충분히 생각해 보라고 했다.

주말이면 아버지가 구경 삼아 우리 사이에 앉았다.

심판인 척하지만 그보단 재미에 빠진 관객에 가까웠다.

아직은 할아버지가 이기지만 매번 차는 차를 노리고 포는 포를 건너다 보았다. 계산이 담긴 수들이 그물처럼 얽혀 있었다. 누구도 먼저 물러서지 않았다. 할아버지는 이기고도 말이 없었다. 입을 꾹 다문 채 혼자 다시 생각하는 것 같았다. 나 역시 졌다고 해서 위축되지 않았다. 다음 판의 승기를 위해 흔들렸던 몇 수를 다시 떠올려야 했다.

담배를 절반쯤 피우다 말고 할아버지가 기침을 했다. 작년 겨울에 병원에 잠깐 누워 있었을 때 의사선생님은 담배를 줄이라고 했다. 하지만 할아버지는 장기를 둘 때만큼은 담배를 피워야 판이 잘 보인다나.

"홍희야. 너에겐 장기판이 뭐로 보이니?"

"진짜 전쟁터 같슴다."

"그래서 이 할애비를 향해 그렇게 거세게 덤벼드는 거냐."

할아버지는 껄껄 웃으셨다.

"하지만 고수들은, 장기판을 길로 보기도 해."

"… 길이예?"

"그래. 길. 위에 차를 올릴지, 모퉁이에 포를 앉힐지, 졸을 언제 넘길지에 따라 그 길이 어떻게 뻗어 나갈지가 달라지지."

아무리 많이 들어도 할아버지 입에서는 지치지 않고 낯선 말들이 계속 흘러나온다. 살아 움직이는 조선말 사전 같다.

"전문 장기꾼 만들 것도 아닌데요, 뭐."

아버지가 옆에서 속없이 웃었다.

그러자 할아버지가 벌컥 짜증을 내셨다.

"아버지라는 사람이 자식한테 한계를 정해 줘서야 되겠어? 홍희가 어디까지 할 수 있을지 누가 알아. 행여 조선족 최초 여성 장기 기사가 되기라도 하면 어쩔 건데?"

"에이, 아버지는 저한텐 늘 한계를 뒀으면서……."

맞담배를 피우며 웃는 아버지의 입가에는 살이 두툼하게 잡혔다. 그 웃음이 어쩐지 쓸쓸해 보였다.

그해 여름, 담배 냄새가 진한 방에서 할아버지와 거의 매일 장기를 두었다. 늦은 밤에는 서늘한 바람을 맞으며 우물가에 놀러 간 기억 외에도 특별한 일이 하나 더 있었다. 옆집 두부 가게 송씨 할아버지 부부가 칭다오로 이사 간 것이다.

우리 집은 매일 아침마다 송씨 할아버지네 두부를 먹었다. 특히 아버지는 아침 밥상에 두부가 꼭 있어야 된다는 고집을 가진 분이었다. 난 소학교 저학년 때부터 아침마다 엄마가 챙겨 주는 콩을 들고 두부 가게에 들렀다. 겨울이면 아버지의 성화에 못 이겨 새벽녘 숫눈을 밟으며 다녀온 날도 많았다.

두부 판에 가로세로 정갈하게 누워 있던 따끈하고 고소한 두부 두 모를 들고 오면 엄마는 그걸로 순두부찌개를 끓여 주시기도 하고, 아버지의 숙취 해소를 위한 북엇국을 끓이기도 하고, 또 나를 위해선 노릇하게 구워 주셨다. 밥상 위엔 하얀 두부와 엄마가 직접 담근 배추김치가 빠지는 법이 없었다. 우리 집 아침엔 늘 그거였다.

송씨 할아버지는 이 동네 토박이였다.

새침한 우리 할아버지조차 외출 길이면 일부러 두부 가게에 들러 인사를 드릴 만큼 동네에서 그분을 모르는 사람이 없었다.

그런 송씨 할아버지가 중국 대도시에서 박사 과정을 마친 아들 내외와 함께 살기 위해 칭다오로 간다고 했다. 호적도 그쪽으로 옮길 거라며 집을 판다 했을 때 아버지마저 끌신을 끌고 가게까지 찾아가 이사를 말려 볼 정도였다.

송씨 할아버지네 집은 텃밭에 별채까지 딸린 제법 넉넉한 집이었다. 한 달 남짓 집을 보러 온 낯선 사람들이 드나들 때마다 엄마는 유난히 예민해졌다. 집을 누구에게 파는지는 송씨 할아버지 마음이었지만 새 이웃에 대해 엄마는 미리 기대하고 불안해하는 것 같았다.

이사 전날, 송씨 할아버지 부부는 우리 집에 들렀다.

손에는 비싼 열대 과일을 잔뜩 담은 비닐 봉투가 들려 있었다. 내겐 용돈도 주셨다.

"언젠가 또 보자꾸나."

환하게 웃으시는 할아버지 옆에서 할머니는 눈굽을 찍었다.[*] 엄마도 코끝이 발갛게 물들었다.

"이제 할아버지네 두부 없으면 뭘로 살아……, 뭘 먹고 사나 몰라……."

엄마는 울상으로 투덜거리며 끝까지 섭섭한 기색을 감추지 못했다. 할머니 손을 꼭 붙들고는 좀처럼 놓지 않았다.

*눈물을 훔쳤다.

그 모습을 본 송할아버지가 빙긋 웃으며 말했다.

"그건 걱정 말게. 집을 사겠다고 줄 선 사람이 다섯이나 됐는데 말이오, 우릴 이어서 두부 집을 하겠다는 참한 색시가 있어서 말이야. 좀 싸게 내놓긴 했지만, 그 사람에게 집을 넘겼네. 이사 오면 바로 두부를 먹을 수 있을 게야."

송씨 할아버지는 새로 이사 올 그 색시 이야기를 할 때만큼은 얼굴이 잠깐 환해졌다.

드디어 한 달 뒤, 옆집에서 이삿짐 나르는 소리가 들리자 엄마가 얼른 감자전을 몇 개 부쳐 내 손에 쥐어 주었다. 우리는 같이 옆집 문 앞에 서서 안을 기웃거렸다.

"무슨 일이에요?"

젊은 여자가 한어로 물었다. 머리를 꽉 묶어 올렸고 귀에는 노란 귀걸이가 반짝였다. 빨간 운동복 차림이라 딱 봐도 한족 같았다. 그 순간 엄마 얼굴이 굳어졌다.

"아… 저희 옆집 사는 사람이에요. 오늘 이사 오신다기에 인사 드리러 왔어요."

나도 당황했지만 이내 침착하게 한어로 거들었다. 그러자 그녀의 얼굴에 금세 화색이 돌았다. 조심스럽던 태도는 순식간에 사라졌고 표정도 한결 부드러워졌다.

"아이요요~!"

여자는 목소리 톤을 높이며 과장스럽게 감탄사를 내뱉었다.

"이웃이었군요! 제가 먼저 찾아 뵈었어야 했는데… 오늘은 좀 정신이 없어서요. 다음에 제대로 인사 드릴게요. 넌 이름이 뭐야?"

"저는… 훙씨예요."

"아이요요~!"

그녀는 이번엔 손뼉까지 치며 환하게 웃었다.

"난 칭씨야. 우리 이름, 자매 같지 않니? 넌 빨간 훙, 난 초록 칭. 이웃이 된 것도 인연인가 봐. 잠깐만 기다려 봐."

칭씨는 성큼성큼 안으로 들어가더니 곧 손바닥만한 앙증맞은 장바구니에 사탕을 한가득 담아 들고 나왔다.

"이건 씨탕*이야. 지난달에 결혼해서 아직 좀 남았거든."

나는 얼떨결에 덥석 사탕을 받았다. 그러곤 엄마가 내 옆구리를 쿡 찌르자 그제야 손에 든 감자전을 건네고 어색하게 고개를 숙였다.

집에 돌아와서 엄마는 가마목에 가만히 앉아 있었다. 표정이 여전히 굳어 있었다.

"한족이었어? 아이고…… 이제 한족이 만든 두부를 먹어야 하나?"

아버지도 움찔했다. 가만히 생각해 보니 우리 동네에서 한족은 거의 본 적이 없었다. 가끔 삼륜차 아저씨나 겨울에 탕후루 파는

*중국인들이 결혼식이나 약혼식 때 손님들에게 나눠 주는 사탕.

할아버지가 올 뿐이었다. 그런데 이 동네에 한족 여자가 이사 오다니. 엄마가 왜 실망했는지 알 것 같았다.

그날부터 엄마는 변소에 갈 때도 옆집 쪽은 보지 않았다.

옆집은 점점 달라졌다. 대문 앞에는 시커먼 개가 지키고 있었고, 문에는 빨간 '복' 자가 거꾸로 붙어 있었다. 아침마다 두부 삶는 김이 모락모락 피어 올랐다.

"그럼 뭐해. 손님도 없는데."

며칠째 옆집을 슬쩍 보던 엄마가 밥상에서 중얼거렸다. 아버지는 두부 대신 도토리묵을 오래 씹었다.

칭씨는 가끔 울바자 너머로 엄마를 향해 손을 흔들며 이렇게 외치곤 했다.

"에이~! 싸오즈*!"

그때마다 엄마는 샐쭉한 표정을 지으며 못 들은 척 등을 돌렸다.

"에이~가 뭐니. 버릇 없어 보이게. 우리말은 다정하고 고운 데 한족들 말은 왜 그렇게 존댓말도 없고 목소리는 크기만 한지 몰라……."

엄마가 말없이 집 안으로 들어가 버리면 칭씨는 잠깐 당황한 얼굴이 되었다가 이내 내게로 시선을 돌렸다.

"훙씨~!"

나까지 못 들은 척할 수는 없었다. 칭씨는 고개를 갸웃하더니 혹

*아주머니

시 엄마가 청각장애가 있는 건 아니냐고 물었다.

"우리 엄마는요…… 조선말로 '언니'라고 불러야 대답할걸요? 한어는 좀 서툴거든요."

나는 적당히 둘러댔다. 사실 엄마는 시장에서도 조선족 가게만 들렀다. 숫자 세기나 간단한 인사말 외에는 한어를 거의 하지 못했다.

"은…니? 오~ 은니, 은니!"

칭씨는 머리를 끄덕이며 몇 번이고 '언니'를 되뇌더니 그 다음부터는 엄마만 보면 큰소리로 외쳤다.

"은니! 엿찌 은니!"

엄마는 그제야 마지못한 얼굴로 칭씨를 쳐다보았다.

그런데 칭씨 얼굴이 이상했다. 금방 울 것처럼 보였다. 그러더니 갑자기 한어를 잔뜩 쏟아냈다.

엄마는 깜짝 놀라 나를 쳐다봤다. '쟤 뭐래니?' 하는 얼굴이었다. 나는 얼른 통역해 줬다.

"송씨 할아버지 때는 손님이 많았는데 자기는 아무리 해도 손님이 안 온담다. 왜 그런지 모르겠담다."

엄마는 말이 없었다. 칭씨는 이마에 땀이 번들거렸고 얼굴이 빨갰다. 엄마는 그 얼굴을 가만히 바라봤다.

그러곤 잠시 뒤에 울바자 앞으로 가더니 나한테 말했다.

"홍희야, 이거 좀 번역해라."

엄마 말은 이랬다.

"장사하는 집에 큰 개를 두면 누가 들어오겠니. 대문에 붙인 복자도 조선족에겐 낯설어. 송씨 할아버지 하던 모습처럼 해야 손님이 온다. 그리고 조선말을 조금이라도 배워야 해. 그래야 사람들이 좋아하지."

내가 다 전하기도 전에 칭씨는 우리 얼굴을 번갈아 보다가 울음을 터뜨렸다. 진짜 서럽게 울었다.

"은니! 캄사해요. 진차 캄사해요! 은니!"

며칠 뒤, 옆집 대문에서 복 자가 사라졌고 개도 없어졌다.

엄마는 아침마다 슬쩍 옆집을 바라봤다. 괜히 걱정하는 얼굴이었다. 그러다 콩 담긴 반찬통을 내 손에 들려 보냈다.

문을 열자 안에는 김이 자욱했고 칭씨가 장화를 신고 두부 틀 앞에서 분주히 움직이고 있었다. 선풍기 두 대가 돌아가고 있었지만 얼굴은 두부 열기에 땀으로 범벅되어 있었다.

두부 틀 위에는 하얀 두부가 반듯하게 줄 맞춰 놓여 있었다. 칭씨는 칼로 두부 두 모를 잘라 반찬 통에 담아 주었다.

"떠우쟝*도 넣었어. 아침마다 마시면 좋대."

내가 돌아서는데 칭씨가 다시 불렀다. "홍씨, 부탁이 있어. '다음

          *콩물

에 또 오세요'는 조선말로 뭐라 그래?"

나는 그녀가 내민 종이에 '따은에이 또 오우쎄야오'라고 적어 줬다. 칭씨는 옆에서 몇 번이고 따라 했다. 발음은 어색했지만 열심히 했다.

집에 돌아오니 할아버지랑 아버지가 벌써 밥상 앞에 앉아 있었다. 눈은 두부 통만 보고 있었다. 엄마가 일부러 느리게 움직이자 아버지가 참지 못하고 말했다.

"찌개는 빼고 그냥 먹지 뭐."

엄마가 두부랑 콩물을 내왔다. 두 남자는 기다렸다는 듯 숟가락을 들었다.

나도 한 숟가락 먹어 봤다. 생각보다 진짜 맛있었다. 콩물을 한 모금 마시자 바로 따뜻한 기운이 온몸에 차오르는 것 같았다.

엄마는 여전히 표정이 굳어 있었다.

"홍희야, 칭씨네 아침에 손님 많던?"

"제가 첫 손님 같습다……."

다음 날, 엄마는 조금 늦은 시간에 또다시 내 손에 콩을 담아 보냈다. 나는 통신병처럼 칭씨네에 다녀와 그대로 엄마에게 전했다.

"절반쯤은 팔린 것 같습다."

"입소문 나면 금방이지, 뭐."

　매일 아침 두부 가게에 들르면 말수 적은 칭씨네 남편은 등만
보인 채 두부를 만들고 있었고 칭씨는 조선말로 열심히 손님을
맞았다.
　"또 아오쩌야오, 캄사합니다, 콩무 더 드리게이야요."
　그녀가 어눌한 조선말로 말할 때마다 손님들은 웃었다.

　그렇게 한 달쯤 지난 어느 날, 칭씨가 또 울비자 앞에 나타났다.
　"은니! 엿찌 은니!"
　집 안에 있던 엄마는 그 소리를 듣고 벌떡 일어났다.
　"쟤 또 왜 불러? 홍희야, 앞장서."
　칭씨는 꼭 내가 집에 있을 때만 엄마를 찾는 것 같았다.
　그녀 손에는 도시락 다섯 개가 들려 있었다.
　"내일부터는 낮에 차오차이 도시락도 팔아요. 오늘은 드셔 보시
라고 두루두루 담아 왔어요. 저녁 아직 안 드셨으면 은니 저녁밥
은 차리지 마시고 이걸로 드셔 보세요."
　칭씨는 쉴 새 없이 중국어를 쏟아내면서도 엄마를 부를 때만큼
은 또렷하게 조선말로 "은니"라 불렀다. 나는 엄마 눈치를 살폈다.
싫어하는 눈빛은 아니었다. 냴름 울바자 너머로 팔을 뻗어 묵직한
도시락을 받았다. 집에 돌아오자 여전히 어정쩡한 분위기 속에 할
아버지와 아버지가 밥상 앞에 앉아 있었다. 나는 도시락 뚜껑을

조심스레 열었다.

그 순간 할아버지도, 아버지도 눈이 휘둥그레졌다.

잘게 썬 돼지고기를 매콤한 고추와 고수로 볶아 만든 향라육슬, 씹을수록 고소한 육즙이 퍼지는 홍소육, 넓적하게 썰어 삶은 소고기와 오이를 무쳐 낸 소고기 무침, 건두부를 볶아 양념에 버무린 건두부 볶음, 감자와 가지, 피망을 달달하게 볶아 윤기가 좌르르 흐르는 지삼선, 밀가루로 만든 넙적한 투명 면에 오이채와 숙주를 곁들인 새콤달콤한 량피, 이쑤시개에 양고기를 꿰어 철판 위에서 지글지글 구운 미니 양꼬치까지!

한 그릇씩 따로 샀다면 회전 테이블을 가득 채웠을 요리를, 도시락 몇 개에 듬뿍 담아 먹을 수 있다니, 정신이 아찔할 정도로 신나고 흥분된 마음을 엄마 앞이라도 숨길 수가 없었다.

우리 네 식구는 각자 쌀밥 한 그릇에 차오차이를 얹어 게 눈 감추듯 먹어 버렸다. 그 이후에야 방 안에는 민망하고 씁쓸한 침묵이 흘렀다. 뭔가에 홀린 것 같았다. 먹는 동안은 정말 아무 생각도 나지 않았다. 한참이 지나서야 엄마가 혼잣말을 가장한 경계의 어조로 중얼거렸다.

"한족 음식은 다 기름지고 고추 들어가서 비슷해. 먹을 땐 맛있는데 먹고 나면 속이 더부룩해. 가끔만 먹어야 돼."

할아버지도 젓가락을 내려놓으며 말을 보탰다.

"그래도 맛있으면 됐지 뭐. 먹는 걸 민족 따져서 뭐하냐"

그날 이후, 차오차이는 그냥 우리 식탁에 올라왔다.

칭씨는 가끔 울바자 너머로 도시락을 내밀었고, 엄마는 나더러 통역하라며 궁금한 걸 물었다.

"골목 안에서 도시락 팔아서 되겠니? 뭔가 궁리라도 있어?"

그러면 칭씨는 금방 울상 지었다.

"은니, 저도 잘 모르겠어요. 그래도 뭐라도 해야죠. 단체 주문만 좀 있으면 좋겠는데…… 학교 행사 같은 거 있으면 주문 받을 수 있지 않을까요? 저희 도시락은 싸요, 세 가지 요리에 5위안이에요."

칭씨는 손가락 다섯 개를 펴 보이고, 두 손으로 도시락 모양을 흉내내 보였다. 엄마는 잘 못 알아듣는 것 같았지만 고개를 끄덕였다. 그러곤 나를 보며 눈짓했다.

그 뒤로 엄마는 몸살이 나자 칭씨네 차오차이를 사 오라고 나를 시켰다.

칭씨네 차오차이 가게 실내에는 탁자 몇 개가 놓여 있었는데 그건 예전에 송씨 할아버지 부부의 침실이 조리 공간과 식당으로 바뀐 거였다. 대신 작은 방을 신혼 방으로 쓰고 있었다.

그 방은 두부 가게와 차오차이 가게 사이에 끼어 있어 양쪽으로 드나들 수 있도록 문이 두 개나 달려 있었다.

벽에는 메뉴판도 없이 전통 복장을 입은 칭씨 부부의 결혼 사진이 큼직하게 붙어 있었다. 펑관*을 쓴 칭씨와, 창파오*를 입고 늠름하게 선 남자의 얼굴이 나를 물끄러미 바라보고 있었다.

사진만 아니었으면 이곳이 한족 집이라는 걸 눈치채기 어려울 정도로 송씨 할아버지네 흔적이 곳곳에 남아 있었다. 칭씨네 차오차이가 올라온 날이면 엄마는 식탁 앞에서 어쩐지 기분이 밝아 보이지 않았다. 몸이 무겁다고 하면서도 꼭 부엌에 내려가 조선족 요리 두 가지쯤은 더해 밥상에 올려놓았다.

그럴 때면 밥상 위 젓가락들의 움직임이 조심스러워졌다. 칭씨네 차오차이를 먼저 한 젓가락 집었다면 다음 젓가락은 반드시 엄마가 만든 음식으로 옮겨 가야 했다. 입안 가득 차오차이를 씹으면서도, "조금 짜네요.", "좀 기름져요." 같은 말 한마디는 꼭 끼워 넣었다.

세 식구는 눈치를 봐 가며 젓가락을 나눴다. 엄마의 음식은 반드시 깨끗하게 비우고 칭씨네 도시락은 한두 젓가락쯤 남겨 두었다.

엄마는 칭씨가 영악하다고 말하면서도 매번 도와주었다. 아주 잘살기를 바란 건 아니었지만 그렇다고 가게에 손님이 없으면 신경이 쓰이는 듯했다.

그래서 아버지가 일하는 정부기관에서도 몇 번, 칭씨네 차오차이 도시락을 주문해서 먹었다. 나도 학교 운동 대회 때 칭씨 가게에 단체 주문이 들어가도록 소개를 시켜 주었다.

칭씨가 이사 온 지 반년쯤 되었을 무렵부터 나는 아침마다 두부를 사기 위해 서둘러 뛰어가야 했다. 다 팔릴 수도 있으니까. 낮에는 차오차이 도시락을 싣는 삼륜차들이 점점 많아지고 있었다.

칭씨는 그 뒤로도 매번 울바자에 바짝 붙어 "엿찌 은니!"를 불렀다. 팔다 남은 반찬이 생겼다며 건네주기도 했고 엄마가 만들어 준 입쌀밴새[*]가 맛있었다며 해바라기씨를 한가득 들고 오기도 했다. 어쩐지, 칭씨는 미워할 수가 없었다.

동네 아주머니들이 칭씨 이야기를 수근거릴 때면 엄마는 꼭 선을 그었다.

"걔는 착한 애예요."

할아버지는 "소수민족을 동화시키는 방법 중 하나가 그 지역에 한족들을 보내서 섞는 거다."라며 오래전부터 한족에 대해선 경계를 분명히 했었다. 또 그렇게 날 가르쳤다. 하지만 행여 변소에 들르다 마주치기라도 하면 "하라뿌찌!" 하고 해맑게 인사하는 칭씨를 보면 얼떨결에 손을 들어 반갑게 화답하곤 했다.

칭씨가 열심히 살수록 어쩐지 기분이 이상했다. 하지만 칭씨는 우리 옆집에 사는 친근한 이웃이었다.

*연변 조선족이 즐겨 먹는 만두. 멥쌀 가루로 만든 만두피에 고기, 채소, 김치 등을 넣어 반달 모양으로 빚어 찜통에 쪄 먹는다.

봉호 선생님

2학년 첫 학기에 갑자기 담임이 바뀌었다. 소문으로는 김 선생님이 연길중학교로 이직을 했단다. 난 차라리 잘됐다 싶었다. 그저 성적표 순위에 따라 애들 보는 표정이 달라서 그동안 선생님 얼굴도 잘 쳐다보지 않았다. 나만 보면 "홍희는 조금만 더 노력하면 15등 안에 들 수 있을 텐데, 맨날 18등만 하냐"라고 나름 관심 어린 어조로 말했는데 난 속으로 "쳇!" 하고 말았다. 15등 안에 들면 그 다음은 또 10등 안에 들라고 말하겠지.

솔직히 내 성적이 들쑥날쑥인건 인정. 조선어문이랑 한어, 영어 같은 언어는 상위권인데 역사와 정치는 성적이 영 시원찮다. 핑계를 대자면, 역사랑 정치 수업시간에는 자꾸 할아버지가 했던 말이 귀에 울려서 어디 집중을 할 수 있어야지.

솔직히 김 선생님이 정치 수업 때마다 우리에게 사상교육을 시키는 내용들도 좀 그랬다. 가장 최근에는 교과서 내용이 아닌데도 '인민대표대회' 이야기를 하다가 아이들이 졸린 듯한 표정을 짓자 또 뜬금없이 사과배 이야기를 꺼냈다.

"동무들 '사과배' 알지요? 조선 북청에서 가져온 배나무 가지를 이 땅의 돌배나무와 접목해 생긴 게 사과배잖습니까. 동무들도 마찬가지입니다. 조선인이라는 정체성을 중국이라는 거대한 땅에 접목시킨 특별한 존재란 말입니다. 어릴 때부터 세 가지 언어를 배우고 두 나라 문화를 익힐 수 있으니 얼마나 경쟁력이 있습니까."

그런가 보다 싶어 집에 가서 할아버지에게 그대로 전했더니 할아버지 말은 달랐다.

사과배라는 이름은 돌배의 모양이 사과를 닮아서 그렇게 불리는 거지 결국은 그냥 돌배란다. 모양과 맛이 조금 다를 뿐이라나.

"조선족을 사과배에 비유하는 건 이상적인 얘기고… 이솝 우화에 나오는 박쥐 이야기 알지?"

할아버지 입에서 그 말을 들었을 때 솔직히 등골이 서늘해졌다. 할아버지가 사 줘서 읽은 이솝 우화 속 박쥐는 날개가 있어 조류 같고, 젖을 먹여 새끼를 키우니 포유류 같았다. 하지만 중간에서 처신을 잘못해 결국 어느 쪽에도 속하지 못하고 양쪽 모두에게 버림 받았다.

"갑절로 똑똑해야 해, 갑절로. 처신도 똑부러지게 잘해야 하고. 아니면 한쪽에 온전히 줄을 잘 서든가."

나는 헛갈렸다. 어른들은 왜 서로 다른 이야기를 이토록 가르치는 말투로 확신 있게 하는 것일까. 교실에 앉아 있을 땐 김 선생님 말이 맞는 것 같고, 골방에 있으면 할아버지 말이 맞는 것 같다. 할아버지는 우리가 조선 사람인 것을 자랑스러워 하라고 가르쳤다. 하지만 김 선생님은 민족문화를 지켜야 한다고 말하면서 한편으론 중국인인 것도 자랑스러워 하는 것 같았다.

김 선생님이 제대로 된 인사도 없이 떠나고 월요일 아침 봉호 선생님이 등장했다. 사자처럼 숱 많은 머리는 부스스하고 커다란 얼굴은 술을 덜 깬 것처럼 벌겠다. 아니, 부끄러운 게 아니고 그냥 원래 얼굴에 붉은 기가 많은 사람이었다. 복장도 밖에서 봤으면 우리 동네 귀차니즘 많은 만화가게 아저씨가 떠오를 만큼 후줄근했다. 와, 거기다 검정 끌신을 질질 끌고 강단 위에 오르려다가 발을 헛디뎌서 넘어질 뻔했다. 아이들은 킥킥 웃었지만 그는 아랑곳하지 않았다.

"실컷 웃어. 그나저나 니네 어쩌냐. 담임이 또 정치 선생님이야. 내 이름은 봉호다."

"에?"

아이들은 일시에 소리질렀다. 정치 선생님이라서 그런 것보다는…… 소개가 좀 특이하다고 느껴서 그랬던 것 같다. 나도 얼결에 "에?" 했는데, 아이들 모두 같은 마음이었나 보다. 선생님들은 원래 이름을 부르게 하지 않는데. 김 선생님, 최 선생님, 이렇게 부르지 않나? 거꾸로 성을 알려 주지 않고 이름만 덜컥 알려 주는 선생님은 처음이었다. 선생님한테 이름을 부르라고 하다니, 마치 친구 같은 느낌이었다. 그렇다고 진짜 친구처럼 부르면 혼날 것 같기도 했다. 그러건 말건 봉호 선생님은 아이들 얼굴을 하나씩 의미심장하게 눈여겨보더니 갑자기 꿈에서 깨려는 듯 머리를 흔들더니 혼자 중얼거렸다.

"어우~~ 첫 시작부터 중2 담임이라니. 여자애들은 툭하면 울고 남자애들은 냅다 들이박고. 니네도 그럴 거냐?"

"그러는 중입니다."

누군가 천연덕스럽게 구석에서 대답했다. 아이들은 일시에 웃음보를 터뜨렸다. 나는 입술을 앙다물었는데도 볼까지 화끈거려서 결국 고개를 숙이고 말았다. 어쨌든 김 선생님이랑 다른 성향일 것 같아서 살짝 시름이 놓였다. 이러다 확 돌변해서 무섭게 굴 호랑이 같은 선생님인지, 아니면 물렁하고 만만한 선생님일지 그건 더 지내 봐야 알겠지.

"잘 좀 하자, 응! 집마다 기대치가 있을 거 아니니. 하는 척 노력도 좀 하고 중2를 다들 같이 잘 넘겨 보자."

애들 웃고 놀려도 끄떡없고 할 말은 또 툭툭 정색하면서 하는 거 보니, 무서울 땐 진짜 무서울 것 같았다.

봉호 선생님은 수업 방식도 달랐다. 교과서를 펴놓고 혼잣말하듯 웅얼거리다 "이건 하……" 하며 숨을 내쉰 뒤 말할 때가 많았다.

"얘들아, 47쪽 제일 아래 줄. 네 줄. 그냥 외워. 지금은 외우는 게 속 편해."

"이건 뭐…… 중학생이 굳이 알 필요 없겠다. 넘겨."

아이 중 누가 "시험에 나오면요?" 하고 물으면 안경 너머로 흘겨보며 말했다.

"임마, 공부만 잘하지 말고 눈치도 챙겨. 어차피 시험은 나랑 할매 정치 선생님이 내. 내가 할매 선생님을 설득 못할까 봐?"

봉호 선생님은 검정 끌신을 질질 끌며 나타나거나 사라질 때는 한없이 처져 보이는데 말할 때나 농담할 땐 소나무처럼 푸릇해 보이는 것도 신기했다.

무엇보다 하학 후에 일절 담임 선생님 말을 안 하던 경매가 우물가에 앉아서도 봉호 선생님에 대해 이런저런 말들을 많이 했다.

"홍희야, 너 그거 알아? 봉호 선생님이 복도에서 애들 만나면 앞을 가로막고 '야, 넌 뭐 잘해?'라고 따지듯이 묻는대."

아, 이건 또 뭔 소리야. 공부 잘하는 애, 노래 잘하는 애, 그림 잘

그리는 애, 체육 잘하는 애 등등 반에 뭐 좀 잘하는 애들이 있긴 하지. 근데 아무것도 잘하는 게 없는 애들이 훨씬 많을 텐데.

"심지어 남자애들은 변소에서 만나면 옆에서 쉬하면서 묻는대. 완전 이상하지 않냐? 무슨 저승사자도 아니고. 대답 못하면 일주일 시간 줄 테니 뭐라도 생각해 오라고 그런대."

경매가 이렇게 말함과 동시에 둘은 동시에 한숨을 푸욱 내쉬곤, 그게 웃겨서 마주 보며 까르르 웃었다. 나 같으면 봉호 선생님한테 저런 얘길 듣는 순간 오줌 마려운 게 싹 사라질 것 같다. 이럴 땐 내가 남학생이 아니라서 얼마나 다행인가 싶다.

"그러게. 큰일 났다. 물어보면 뭐 잘한다고 해야지?"

남 일 같지 않았다. 이상한 담임선생님을 만나서 별 걸 다 걱정하게 생겼다.

"홍희 넌 뭐가 걱정이야. 할아버지가 민족 역사랑 장기 가르쳐 준다며. 장기 잘 둔다고 하고 봉호 선생님을 장기로 발라 버려."

"에이, 그게 무슨 자랑할 만한 특기도 아니고."

"야, 우기면 되지. 난 진짜 쌩으로 할 말 없단 말야."

그리고 며칠 뒤, 진짜 경매 말처럼 복도에서 봉호 선생님과 마주쳤다. 내 팔짱을 끼고 걷던 경매가 갑자기 가재처럼 뒷걸음질쳐서 나만 잡혔다.

“박홍희 너는 언어 쪽으로 좀 뛰어난 거 같더라. 근데 공부 말고 뭐 더 잘하는 거 없어? 뭐든.”

아, 이런 거였구나, 봉호 선생님한테 잡힌다는 게. 나는 우물쭈물하다가 마지못해 대답했다.

“장기… 요.”

“그래? 야, 그거 좋네!”

흥미가 돋는다는 듯 봉호 선생님의 눈이 휘둥그레졌다. 이렇게 쉽게 통과한 건가? 시름 놓으려는 찰나, 선생님이 뒷말을 이었다.

“내일 점심 먹고 교무실로 와. 진짜 잘하는지 한판 붙어 봐야지. 마침 교무실에 장기 갖다 뒀거든.”

큰일 났다. 그동안 할아버지랑만 붙어 봤고 아직까지도 시원하게 이겨 본 적이 없어서 자신이 없다. 아버지는 두 달 전에 이미 한 방에 이겨 버렸는데 아버지가 너무 허술했어서 애매하다.

다음날, 나는 긴장된 마음으로 목을 좌우로 한 번씩 꺾고 심호흡을 한 뒤 장기판 앞에 마주 앉았다. 잘한다 해 놓고 지면 창피할 것 같았다. 고작 1년 넘어 배운 솜씨인데 혹시 봉호 선생님이 생활 장기 수준이 아니라 고수라면? 시작부터 차의 전개나 포의 위치를 안정적으로 다루면 어떡하지. 사무실에까지 장기를 갖다 놓을 정도면 하수는 아닐 것 같았다. 떨린 마음으로 눈을 부릅뜨고 수 하나하나 차분하게 두고 있다가 음……, 10수 정도 말들이 오고 가다 보니 봉호 선생님의 장기를 두는 폼이 아버지와 닮아 있었다. 방어를 탄탄하게 잘하는 것도 아니고 그렇다고 확 밀고 나가 공격을 잘하는 것도 아닌 애매한 그 폼.

봉호 선생님은 20수도 못 가 밀리기 시작하더니 슬그머니 판을 정리하며 감탄했다.

"이야, 홍희 너 뭐야? 장기 신동 그런 거야? 1년밖에 안 배운 솜씨 맞아?"

어? 봉호 선생님의 이 허술함은 뭐지? 민족의 미래는 아이들에게 있고 현재는 강인한 남자들에게 달렸다고 할아버지가 그랬는데, 좀 밀린다고 바로 포기하다니. 할아버지는 지더라도 끝까지 달려들어서 맹렬하게 싸우다 지라고 가르쳤는데?

나는 이내 힘이 풀려서 기물을 손에서 놓았다. 지고도 잔뜩 흥분한 건 봉호 선생님이었다.

"이야, 박홍희. 너 진짜 장기를 잘 두는구나. 누구한테 배운 거야? 내일은 최 선생과도 한 판 두렴. 이 사무실에서 제일 실력자야."

난 그냥 생활 장기 수준이라고 급히 손을 저었지만 다음날 또 사무실에 불려 가서 3학년 정치 선생님인 최 선생과도 한 판 두었다. 표정이 경직되고 자세가 꼿꼿한 최 선생은 꽤 공격적인 기풍을 갖고 있었다. 나도 공격을 더 잘하긴 했지만 침착하게 수비를 펼쳤다. 대개 보면 공격을 잘하는 사람은 수비엔 상대적으로 약할 수 있으니까. 하지만 최 선생은 봉호 선생님처럼 만만한 상대는 아니었다. 눈에 보이는 대로 말을 두는 것이 아닌, 최소 두 수 정도는 내다보려고 장기판을 뚫어지게 쳐다보았다. 정치 선생님들이 장기판을 동그랗게 둘러서서는 저마다 아는 소릴 한마디씩 했다.

"차를 얼른 왼쪽으로 빼."

"안 되지. 그럼 홍희가 포를 띄워서 마를 잡을 텐데."

중반까지는 밀리는 감이 크게 없었지만 최 선생님의 공격이 점점 힘을 잃자 나는 얼른 전략을 바꿔 함정을 파서는 차 하나를 잡아 버렸다. 그때부터 확실히 판세는 내 쪽으로 기울었다. 하지만 오십 넘은 최 선생님은 표정에 변화가 없었다. 안경닦이로 안경 알을 깨끗이 닦고는 아까보다 더 차분하게 말을 움직였다. 몇 수 안에 역전이라도 둘 것처럼.

순간 당황하고 말았다. 분명히 판세는 내 쪽으로 기울였는데 최 선생님의 기에 밀릴 것 같은 느낌이었다. 나는 더이상 최 선생님의 얼굴을 쳐다보지 않았다. 내가 긴장을 풀고 있다거나, 내심 이길 것 같아 우쭐하고 있다면 상대방은 느낄 수 있다고 할아버지가 알려 줬던 게 기억났다. 장기판에서는 공기마저 흐름이 달라지니까 상대방의 수 읽기뿐만 아니라 감정과 기분까지 본의 아니게 전달될 수 있다나.

최 선생님이 차 하나를 잃자 우리를 둘러싼 분위기가 달라졌다. 이젠 아무도 훈수를 두지 않고 조용히 지켜보았다. 나는 좀 전의 공격 방식을 바꾸어 손해 없는 기물 교환을 하면서 차근차근 유리한 위치를 찾아갔다. 후반부로 들어서면서 최 선생님의 공격은 점점 단조로워졌다. 나는 수비를 하듯 공격하고, 공격을 하듯 수비했다. 그러다 후반부에서 삐딱선처럼 돌아가는 마로 상대의 한을 눌러 버렸다. 이것도 할아버지가 늘 날 상대로 해 오던 기술이었다.

최 선생님은 판이 끝난 뒤에도 한참을 소리 없이 말들을 움직여 보았다. 선생님들도 덩달아 이 분위기를 어쩌지, 하는 표정으로 서로를 번갈아보았다.

"홍희야, 곧 수업이 시작된다. 얼른 가 봐라."

봉호 선생님이 점잖게 내 등을 밀었다. 빨간 얼굴이 흥분했는지 더 빨개 있었다. 조심스럽게 인사를 하고 나오려는데 최 선생님의 굵직한 목소리가 뒤에서 들려왔다.

"홍희 학생, 다음 달에 한 번 더 둘 수 있겠나?"

그때가 시작이었다. 봉호 선생님은 학년 전체 선생님들에게 내가 장기를 잘 둔다며 자랑을 하지 못해 안달이 난 것 같았다. 선생님들은 내게 떡볶이까지 사 주면서 방과 후에 삼십 분씩 앉혀 놓고 장기를 두었다. 최 선생을 이긴 애라며 날 보는 시선이 달라졌다. 이긴 경험 때문이었는지는 몰라도 그때의 난 조금 들떠 있었다. 교탁 위에선 위엄 있던 얼굴들이 나에게 엄지를 내밀어 줄 때 나는 아닌 척 손사래를 쳤지만 마음 어딘가에 우쭐해졌다. 하지만 장기판 앞에 앉으면 이내 차분해졌다. 가로 9줄, 세로 10줄의 90개의 점 위에 수평으로 내달리는 차, 삐딱하게 걸어 들어오는 마와, 말 하나를 넘어 공격하는 포가 내 편이 되어 주었다.

봉호 선생님은 여기서 그치지 않았다. 어느 날은 자습 시간에 끌신을 끌고 슬금슬금 내 옆에 오더니 허리를 굽히고 작은 목소리로 말했다.

"너 한족 애들 다니는 2중 알지? 거기 장기특기반이 있대. 방과 후에 훈련을 받아서 내년 봄에 자치주 청소년대회에 진출할 대표를 뽑는대. 가서 한족 애들 콧대 좀 꺾어 줘 봐."

봉호 선생님은 내가 진짜 장기 신동이라도 되는 줄 아나 보다. 특기반에서 훈련 받은 애들을 무슨 수로 꺾는다고.

"아, 저 그 정도는 아니에요. 저 못해요."

단통에 머리까지 저으며 거절했다.

"여자 후보들은 두셋 밖에 없다는데? 당장 후보를 뽑는 게 아니고 겨울 방학 동안은 훈련을 받아 볼 수 있대."

추운 겨울 방학에 매일 나 혼자 한족 학교에 나가야 한다고? 나는 코를 훌쩍이며 다시 머리만 홰홰 저었다. 이쯤 되면 그래 알겠다, 하고 순순히 보내 줄 줄 알았지. 한데 봉호 선생님이 아껴 둔 카드를 꺼내는 듯 비장한 표정으로 마지막 말을 덧붙였다.

"한족 애들 실력 궁금하지 않아? 이건 져 봐야 본전 같은데. 그리고 우리 홍희가 한족 애들 다 제껴 버릴지 누가 알아?"

봉호 선생님은 이럴 때 보면 또 절대 허술한 사람이 아닌 듯하다.

한데 솔직히 2중은 진짜 겁이 난다. 저번 주에도 2중 남자애 몇몇이 추워 죽겠는데 하필 우물가에 와서는 거들먹거리며 우물 안에 침을 뱉은 적이 있었다. 경매가 얼어 죽어도 어둑한 집에는 들어가기 싫다고 버텨서 어쩔 수 없이 우물가에서 잠시 서 있는데 침을 뱉는 게 내 눈에 딱 띄었다.

"왜 침 뱉냐?"

눈동자가 튀어나올 정도로 눈을 부릅뜨자 걔네는 잠시 주춤하더니 꼴랑 여자애 둘이라 만만했던지 실실 웃었다.

"우물 안에서 침이 더 빨리 얼어붙는지 궁금해서 그랬지."

"우물 안은 지열 때문에 바깥보다 따뜻해. 더 빨리 얼 리가 없잖아. 알아들었으면 꺼져."

한족 애들은 기분이 상했던지 "아, 쬐끄만 게." 하며 눈을 부라리다가 먼 발치에서 조선족 남자애들 무리가 걸어오는 걸 보고는 그제야 슬금슬금 자리를 떴다.

"야야, 박홍희! 왜 그렇게 까칠하게 굴어! 난 금방 옆에서 혹시 무슨 일이라도 날까 봐 숨도 잘 안 쉬어지더라."

옆에서 경매가 내 어깨에 기대며 긴 호흡을 뿜어냈다.

"저걸 참는다고? 처음부터 아예 선을 그어야 해. 우물가에 왔던 기억이 불편해야 다신 안 오지."

나는 예전에 중국 무협 영화에서 봤던 결계를 떠올리며 말했다. 쿵푸가 뛰어난 하얀 머리 할아버지가 지팡이로 땅에 둥그렇게 선을 긋자 그 땅에 아무도 들어가지 못하는 것처럼 우물가에도 한족 애들이 얼씬 못하게 선을 긋고 싶었다. 아, 물론 빠오즈 파는 왕두는 빼고.

이랬던 내가 제 발로 2중에 가야 한다고? 결계를 치고 싶은 건 진심이었다. 그런데 내가 이제 결계 밖으로 끌려 나가고 있었다. 그동안 우물가에 호기심 때문에 한 번씩 왔다가 나 같은 조선족 애들 텃세에 눌려 금세 자리를 떠난 한족 애들을 복도에서 줄줄이 마주치겠네. 여차하면 내 얼굴 알아보는 애도 있겠다. 여기까지 생각하니 정말 쫄리는 것 같았다.

일단 분위기나 보자 싶어서 좀 비겁하지만 봉호 선생님한테 같이 가 달라고 말했다. 당연히 같이 갈 생각이었다며 나보다 더 신나 보이는 건 기분 탓인 걸까. 하긴, 봉호 선생님 입장에서는 좋은 구경 난 거지 뭐. 가자마자 특기반 선수인 여자애랑 장기 한판 붙을 텐데 지든 이기든 선생님 입장에선 교무실에서 신나게 떠들 거리가 생긴 거니까.

2중에 가는 날, 봉호 선생님은 어쩐 일인지 털외투 안에 양복까지 받쳐 입었다. 기싸움하러 가는 것도 아닌데 면도까지 깔끔하게 하고 교무주임까지 동원해서 그분 차로 2중 앞까지 데려다 주기로 했다나. 차 안에서 교무주임은 운전하면서 몇 년 전에 우리 학교에 장기 신동 남학생 한 명이 있었다며 자랑스럽게 말씀하셔서 부담스러웠다. 다리가 후들후들 떨리고 목 안이 타는 느낌이 들었다.

"예, 예, 아 그러시군요."

적당히 추임새를 넣는 동안 어느새 두 사람은 연변의 자랑 오동 축구팀에 대해 신나게 떠들었다. 마치 아빠와 당 간부 아저씨들을 보는 것 같았다. 입만 열면 그놈의 오동 축구팀. 3년 전에 남쪽의 최은택 감독님 덕분에 갑A리그 4강 진출을 했는데 이를 두고 연변의 조선족 남자라면 누구나 모름지기 자랑을 해야만 하는 것처럼 축구 얘기만 했다. 내 눈엔 그냥 자랑할 게 그것밖에 없는 것 같아 짠하기만 한데. 어쨌든 준결승은 못 갔잖아.

창문 밖을 멍하니 바라보는데 교무주임은 쉴새없이 계속 말했다. 학교에서 가끔 마주치는 교무주임은 선생님들도 훈계할 정도로 무서운 분이셨는데 이렇게 말이 많은 줄은 처음 알았다.

"조선족들이 원래 더 똑똑해요. 한족들은 머릿수로 다 해 먹지."

"학교도 우리가 1중이고, 한족들은 2중이잖아. 자치주 밖에서야 어쩔 수 없지만, 여기선 우리가 기세로 밀리면 안 되지, 암."

교무주임의 말을 듣고 있노라니 나는 졸지에 조선족 대표가 되어 버린 기분이었다. 진짜 큰일 났다. 지든 이기든 선생님들 사이에 소문이 다 날 것이다.

지면 창피하고, 이기면 또 너무 띄워 줄 것 같다.

교무주임이 대결 끝날 때까지 차 안에서 대기하겠다고 했다. 나는 안간힘을 다해 거절했지만 역시 먹히지 않았다.

"그러지 말고 같이 올라가 구경하시지요."

봉호 선생님이 눈치 없이 한마디를 거든다.

"허허, 그래도 되나? 난 우리 박홍희 학생이 워낙 똘똘해서 꼭 이길 것 같아. 예감이 와."

마지못한 척 교무주임 선생님이 운전석에서 내렸다.

"우리 홍희가 말입니다, 평소엔 까칠해도 장기를 둘 때는 어찌나 차분한지… 아예 다른 사람 같습니다."

봉호 선생님의 치켜세우기는 계속되었다. 나는 어떻게든 이 분위기에 휘말리지 않으려고 속으로 열까지 셈을 세며 할아버지를 떠올렸다. 좀 있다 들어설 그 교실을 할아버지의 골방이라 생각하기로 했다. 그래야 덜 긴장할 것 같으니까.

심호흡을 하고 장기 교실에 들어섰다. 봉호 선생님이 문을 열고 교무주임 선생님이 먼저 입장해 근엄하게 말했다.

"1중 대표 왔습니다."

이를 어째. 차마 쭈글하게 들어갈 수는 없어서 일부러 허리를 꼿꼿하게 세우고 들어가 한족 코치에게 인사했다.

그제야 둘러본 교실 안.

장기판이 일곱 개. 남학생 선수는 열 명도 넘었고 여학생 선수는 셋.

저 셋 중 한 명과 내가 오늘 대결을 치르게 될 것이다. 이미 준비된 장기판 앞에 비장하게 앉았다.

한데 한족 코치는 "잠시만 기다려." 하더니 다른 장기판으로 가서 말을 딱딱, 소리나게 움직이며 선수들을 지도했다. 이 판 저 판을 돌아다니며 누군가를 호되게 혼내기도 했다. 교무주임이 불쾌하다는 듯 표정을 굳히자 봉호 선생님이 한어로 코치를 불렀다.

"금방 갈게!"

코치는 그렇게 말하면서도 한참을 미적거리다 느지막이 이쪽으로 왔다.

"홍씨라고 했지? 장기 둔 지는 1년이 좀 넘었다고?"

그 말에 옆에 가지런히 기대 서 있던 여학생 셋의 표정에 잠시 웃음이 스쳤다.

“얘네도 그동안은 집에서 생활 장기만 두다가 정식으로 훈련 받은 건 중1 때부터야. 이제 2년밖에 안 됐어. 긴장 풀고 할 수 있는 데까지만 잘해 보자.”

코치의 목소리는 냉정했지만 조금 전 남학생 선수들에게 했던 말투에 비하면 그나마 친절 한 숟가락을 억지로 끼얹은 느낌이었다.

“니네 셋 중에 누가 붙어 볼래?”

여학생 셋이 서로 새물새물 웃을까 말까 하며 눈치를 봤다. 곧 대결을 앞두고 있는데도 긴장한 기색 하나 없이 웃는 걸 보니 기분이 썩 좋지는 않았다. 결국 셋은 내 앞에서 가위바위보를 했다. 젠장.

위란이라는 아이가 내 앞에 마주 앉았다. 나와 같은 2학년이란다. 말총 머리를 묶었고 눈은 속을 알 수 없게 장기판만 바라본다. 가장 활발하게 움직이는 건 입이다.

다른 두 아이가 “지면 안 돼, 알지?” 하고 작게 응원하자 슬쩍 웃다가 입술에 침을 바른다. 그리고 입술을 꾹 깨문 뒤 다시 장기판에 눈을 둔다. 그제야 정신을 다잡고 장기판을 내려다보니 뭔가 달랐다.

판의 한가운데, 초하(楚河)와 한계(漢界)라고 적힌 경계선이 선명하게 그어져 있었다. 집에서 할아버지와 두던 장기판에는 없던

선이었다.

이게 뭐냐고 묻자 코치는 그제야 난감한 얼굴로 대답했다.

"이건 한족식 장기야. 혹시 집에서는 조선식 장기를 두었니? 가운데 있는 건 강이야."

큰일 났다. 한족식 장기는 조선식 장기보다 훨씬 까다로웠다. 코치는 빠른 중국말로 규칙을 설명했는데, 그 말을 듣는 사이 등뼈를 타고 서늘한 긴장감이 훑고 지나갔다. 왕의 이름부터 달랐다. 쟝[將]과 쐐이[帥]. 말의 움직임도, 규칙도 조금씩 어긋나 있었다.

졸은 강을 건너기 전까지는 앞으로만 갈 수 있고, 강을 건넌 뒤에야 비로소 좌우로 움직일 수 있다고 했다. 잘은 모르겠지만, 한족식 장기는 할아버지가 가르쳐 준 조선식 장기보다 강을 사이에 두고 더 오래 대치하다가, 더 조심스럽고 세밀하게 진격해야 하는 것처럼 느껴졌다.

"대결할 거니? 아니면… 며칠 뒤에 다시 할까?"

장기판을 내려다보며 입술만 깨물고 있자 코치는 아까보다 한층 조심스럽게 물었다. 배려하는 말투가 오히려 마음을 약하게 했다. 이때다 싶고 도망치고 싶었다.

순간 입술이 움찔했지만, 두 발은 바닥에 붙은 듯 움직이지 않았다. 이런 때만 되면 할아버지의 잔소리가 귓가에서 쨍 하고 울렸다. 지더라도 쉽게 지지 말라고.

아니다. 왜 나는 벌써 질 거라고 단정하고 있는 걸까. 그것 역시 할아버지가 가르쳐 준 마음가짐은 아니었다. 결국 나는 한족식 장기판 앞에 자세를 고쳐 앉았다.

위란이가 첫 수로 움직인 건 포였다. 포를 가운데 놓는다. 나는 고민에 빠졌다. 졸을 먼저 전진시켜 포의 이동과 공격 경로를 견제할까, 아니면 말을 꺼내 수 싸움을 준비할까.

할아버지는 내가 실전 감각이 좋다고 했다. 장기를 두는 방식이 공격적이고, 직관적이라고도 했고. 하지만 지금은 어렵다. 첫 수부터 판단이 서질 않는다.

아직은 위란이가 어떻게 나올지 알 수가 없다.

어젯밤 할아버지가 그랬다. 전략으로 정면 승부를 하면 훈련 받은 아이를 절대 이길 수 없다고. 내가 이길 수 있는 방법은 지금껏 배워 온 방식으로는 대응할 수 없도록 혼란을 주고 헷갈리게 만들어야 한다고, 지더라도 위협을 줘야 한다고 신신당부했다.

위란의 첫 수는 예상을 깨고 포가 먼저 날아왔다. 초반부터 내 차 길을 봉쇄해 주도권을 잡겠다는 노골적인 선전포고 같았다.

나는 갈등했다. 졸을 밀어올려 저 포의 행마를 즉각 차단하며 맞불을 놓을 것인가, 아니면 마를 진출시켜 진형의 두터움으로 상대의 흔들기를 견뎌 낼 것인가. 찰나의 침묵 속에서 판 위에는 서늘한 기운이 감돌았다. 나는 맞수로 마를 꺼냈다. 정석은 아니라지만 싸우겠다는 뜻이다. 위란이는 중포를 둔 뒤 졸을 밀었다. 포를 본격적으로 쓰려는 전형적인 수다.

나는 다시 마를 꺼냈다. 양쪽 마가 앞으로 나온다. 마가 너무 앞서가면 불안하다는 것도 안다. 하지만 지금은 오히려 불안해 보여야 한다. 예상 밖의 수를 두고 헷갈리게 만들고 흐름을 흔든다. 내가 할 줄 아는 건 그냥 막 흔드는 거였다.

위란이는 마를 꺼내지 않았다. 그 대신 졸을 한 칸 앞으로 밀어 차의 길을 연 뒤, 포를 옆으로 옮기고 차를 움직였다. 나는 그게 정확히 뭘 뜻하는지 몰랐다. 나는 마를 두 개 다 꺼내 놓고 있었고 포도 움직일 생각이었다. 하지만 위란이는…… 마치 보이지 않는 길을 따라 하나하나 기물들을 정돈해 가는 것 같았다.

나는 위협적으로 칼을 휘두르고 있는데 조용히 그물이 나를 잡으러 하늘에서 곧 떨어질 것 같은 기분이 들었다.

중반부까지는 서로 말 두세 개씩 주고 받는 팽팽한 흐름이 만들어졌다. 위란은 포를 강가 근처에 배치하고 차가 다닐 수 있는 길을 열었다. 나는 그의 말을 일부러 유인한 뒤 기습적인 포 먹기에 성공했다. 우리를 둘러싼 공기가 후반부로 접어들수록 바짝 팽팽해졌다. 포가 잡힐 때 위란이가 아랫입술을 씹었다. 살짝도 아니고 꽉이었다. 꽤 아플 텐데. 얼른 이기고 싶었는데 이렇게까지 길어질 줄 몰랐다는 듯, 그래서 느긋했던 초반과 달리 조금 더 공격적으로 말들을 움직이는 듯한 흐름이 보였다. 한번만 더, 위란이를 흔들어 보자. 어쩌면 승기를 잡을지도 모르는 일이다.

하지만 시간이 흐를수록 판세는 확실하게 위란이에게로 기울었다. 위란이의 졸들이 강을 넘자 기동력도 훨씬 세졌다. 평소에 하찮게 봤던 졸들이 순식간에 깊숙하게 파고들며 내 쫘이를 위협하는 치명적인 칼이 되었다. 그 아이는 이미 길을 다 깔아 뒀고 나는 그 길에 점점 몰리고 있었다. 위란의 수는 점점 거침없었다. 나는 조용히 포를 집어 올려 상대 진영 깊숙한 곳에 놓았다. 순간 판 위의 모든 말들이 잠시 숨을 고르는 듯 고요해졌다. 내 포 하나가 그 애의 차와 말, 졸의 길을 다시 계산하게 만들었다. 이 판은 이길 수 없겠지만 쉽게 가져가게 둘 수는 없다. 나는 끝까지 만만하지 않은 상대로 남고 싶었다.

경기가 끝난 후, 나와 위란이는 장기판 앞에서 꼼짝하지 않았다. 할아버지가 가르쳐 준 대로 복기를 해 보고 싶었지만 머릿속이 하얘지고 손이 덜덜 떨렸다. 정확히는 모르지만 위란이는 분명히 정교한 설계를 하고 있었다. 그 그물은 끝내 나를 꼼짝 못하게 덮친 것이다. 봉호 선생님이 먼저 박수를 쳤고 교무주임이 따라 박수를 쳤다. 위란이가 아까보다는 훨씬 경직된 표정으로 자리에서 일어나 시야에서 사라졌다. 두 여자아이도 뒤따라 나갔다. 내 손 끝엔 아직 진 기물의 차가움이 남아 있었다. 할아버지에게 매일 질 때와는 다른 기분이었다. 그건 창피하거나 부끄러운 건 아닌데…… 온몸이 꼼짝 못하게 묶인 것 같았다. 장기를 두면서 처음 느껴 보는 거였다.

코치가 팔짱을 끼고 장기판을 가만히 들여다보다가 내게 한어로 말했다.

"더 배울 마음은 있는 거야? 마음만으로는 안돼. 워낙 타고난 애들 천지라 넌 입문이 늦기도 해서 노력도 어마어마하게 해야 해. 게다가 한족 장기는 조선족 장기보다 더 어려워."

"일단은… 배워 보고 싶어요."

나는 목소리까지 덜덜 떨었지만 애써 가다듬고 침착한 척 대답했다. 궁금했다. 한족식 장기를 배우고 정교한 설계도 훈련한 그 이후에 위란이와 붙으면 어떻게 될지. 내가 어디까지 할 수 있는지.

"전문 훈련 없이 선수를 상대로 잘 싸웠어. 진짜 숨 막히는 명승부였어."

봉호 선생님이 코치가 들으라는 듯 굳이 한어로 칭찬했다. 교무주임도 "감명 깊은 경기였어! 오늘 보니 홍희 학생도 나처럼 결기가 만만치 않아." 하면서 내 어깨를 툭툭 두드린다. 경기 내용을 모르는 사람이 봤으면 영락없이 내가 이긴 경기 같다. 두 선생님이

거의 나를 호위하듯 양 옆에 서서 데리고 나가려고 할 때 코치가 다시 날 불러 세웠다.

"퍄오 훙씨라고 했지? 내일부터는 오후 수업 끝나고 바로 와. 방학부터는 매일 나와야 해. 하루 세 시간이다. 6개월 뒤에 쟤네랑 다시 붙어서 그중 둘만 룽정시 여자 대표로 자치주 대회에 진출하는 거야. 자치주 대회는 내년 여름 방학이다."

밖에 나와 보니 초겨울 저녁의 해가 짧아져서 벌써 어둠이 어스름하게 깔리고 있었다. 어쩐 일인지 교무주임과 봉호 선생님은 잔뜩 흥분해 있었다.

"아까 그 한족 애 살짝 긴장한 거 봤어요? 우리 홍희가 1학년때부터 배웠으면 진작에 이기고도 남았지."

"내가 장기는 잘 몰라도 딱 보니 홍희 학생은 타고난 감각이 있어. 무엇보다 끝까지 쫄지 않고 침착하게 움직이는데 와, 우리 학교에 홍희 같은 학생이 있다는 게 자랑스럽더라니까. 졌는데 이긴 거 같아. 누구한테 이리 배운 거여?"

봉호 선생님 입에서 내 할아버지의 이야기가 뻥튀기처럼 과하게 포장되어 흘러나왔다.

"오, 어쩐지!"

교무주임이 들으면서 연신 혀를 내두른다. 난 졸지에 미래까지 촉망되는 청소년 장기 기사가 되어 버린 것 같았다. 홀연히 가로

등만 깜빡이는 밖을 내다보고 있는데 교무주임이 양꼬치를 사 준다. 교무주임이 직접 집에 전화를 걸자 엄마의 놀라는 목소리가 내 귓가에도 들렸다. 교무주임은 오늘은 "경사가 난 날"이라고 강조한다. 잘 키운 딸래미가 한족 학교에 가서 실력을 검증 받고 이제 정식 훈련을 받게 되었다고. 엄마는 좀 어리벙벙하긴 한 것 같은데 양꼬치까지 사 준다니 황송하다며 한껏 예의를 차리고 전화를 끊었다.

난 그날 칭다오 맥주 몇 잔에 얼굴이 벌게진 교무주임을 마주하고 양꼬치를 스무 개나 먹었다. 교무주임은 마치 내가 자치주 전체를 대표해 대판 이긴 것처럼 떠벌였지만 듣다 보니 그러려니 하게 되었다. 내일 경매한테 자랑할 거리가 하나 생겼다. 살다 살다 교무주임이 사 주는 양꼬치를 다 먹어 보다니. 교무주임이 내 앞에 양꼬치를 자꾸 놓아줘서 어느샌가 꼬치들이 수북이 쌓였다.

더 못 먹겠다고 사양했지만 기어코 뜨끈뜨끈한 옥수수면 국수를 후식으로 사 줘서 또 먹었다. 나는 결국 올챙이 같은 배를 끌어안고 집에 돌아왔다. 교무주임의 차는 눈길도 마다하지 않고 꼬불꼬불한 우리 집 울바자 앞에서 멈췄다. 돌아갈 땐 골목을 어떻게 빠져나갔을려나.

집 문고리를 잡는 순간, 한족 코치가 했던 말들이 머릿속에 스윽 스쳤다. 나는 숨을 가다듬고 차가운 문고리를 힘껏 잡아당겼다.

떠나는 사람들 1

할아버지는 늦게까지 주무시지 않았다. 내가 집에 들어가자마자 미닫이문을 드르륵 열고 맨발로 뛰어나와 반겼다.

"이겼니?"

나는 절레절레 머리를 저었다. 하지만 이긴 것처럼 들뜬 기분으로 그날 있었던 일들을 할아버지에게 재잘재잘 말씀드렸다. 듣고 있는 할아버지의 얼굴이 점점 벌겋게 상기되고 내가 하는 말 끝마다 힘차게 고개를 끄덕였다.

"그래, 이 할배 손녀답다. 져도 잘 싸웠군! 훈련도 꼭 받아야지, 아무렴!"

엄마가 옆에서 한숨을 쉬고 머리를 절레절레 저었다.

"아유, 이 동네에서야 여자 선수도 몇 명 없으니 방학 동안 배우면 어떨지 몰라도…… 전국구는 날고 뛰는 선수들이 그렇게 많은데 되겠슴까. 괜히 애 헛바람만 넣어서 공부까지 놓치면……."

"전국적으로는 바둑이 더 유명한 거 아닌가? 장기 선수는 어떨지 모르겠네."

아빠도 얼떨떨해하면서도 한술 더 떴다.

"에끼! 부모라는 사람들이 그리 말해 쓰겠니? 결과야 어떻든 갈 데까지 가 보는 경험은 홍희 나이 때나 해 볼 수 있는 게야. 귀한 경험이지. 어릴 때 경험치가 남다른 애들은 커서도 뭘 해도 꼭 해낸다니까. 나는 우리 홍희를 믿어!"

아빠 엄마는 이내 입을 다물었다. 그날 밤도 할아버지 완승.

위란이와 두었던 수들을 쉬는 날 할아버지와 함께 장기판에서 복기하며 어느 수부터 불리해졌는지 살펴보기로 약속하고 잠자리에 누웠다. 어쩐지 속이 든든했다. 할아버지도, 봉호 선생님도 내겐 아군이었다.

겨울 추위가 재대로 시동을 걸자 엄마의 짜증이 부쩍 많아졌다. 손빨래를 텃밭에 늘어져 있는 빨랫줄에 널어놓는 동안 엄마는 몇 번이고 일어나 주먹으로 아픈 허리를 툭툭 두드렸다. 엄마의 손목은 여린 가지 같았다. 내가 집에 있을 때 둘이서 힘을 합쳐 빨래에 물을 짜내는데도 빨랫줄에 들러붙는 순간 두꺼운 옷에서는 물이 뚝뚝 떨어졌다.

동북의 겨울은 매섭다. 이제 빨래들에서 떨어지던 물들이 고드름처럼 길게 얼어 붙을테다. 그럼 엄마는 반은 마르고 반은 얼어붙은 차가운 옷들을 다시 거실에 들여서는 따뜻한 바닥에 종일 널어 놓는다.

그때 즈음에 자주 밤마을을 나섰던 엄마는 어느 날 저녁 밥상머리에서 친구 영순이 이모네 이야기를 조심스럽게 꺼냈다. 그 집 이모부가 한국에 산업연수생 비자로 간 지 삼 년 만에 층집으로 이사했다나.

엄마는 새집을 보고 왔는지 평소보다 들뜬 얼굴로 말이 많아졌다.

"세탁기도 있고……, 빨랫감 널 수 있는 베란다가 창 옆에 있습데다. 채색 땐쓰*도 있고예, 연한 나무색 벽지라 그런가 집 안이 아주 훤하더이다. 아, 화장실도 양변기라고 함까? 아무튼 집 안에 있어서예, 손잡이만 쑥 누르니 밑이 자동으로 다 청소됩데다."

두 남정네는 말없이 북엇국만 들이켰다. 나도 처음엔 "영순이 이모는 좋겠네." 하고 넘기려 했지만 엄마는 멈출 기미가 없었다.

"브로커를 통하면 거주 비자도 받을 수 있담다. 족보 같은 거나, 옛날에 남쪽 국적이었던 거 증명하면 내준다캅디다."

할아버지는 이마를 찌푸리며 점잖게 한마디 거들었다.

"우린 남쪽도 북쪽도 속하지 않는 조선인이었는데 무슨 수로 남쪽 국적을 증명하나. 그리고 족보는 사문서라서 공적 증명력은 부

                                            *채색 땐스는 컬러 티비를 뜻한다.

족해.”

엄마는 잠시 입을 다물었다. 국그릇에 눈을 떨구고 한숨을 쉬더니 이내 고개를 들었다. 수다인 척, 무심한 척했지만 그 말들은 오래 벼르고 벼른 듯 느리지만 단단하게 또박또박 흘러나왔다.

“이 집, 오래 되었지예. 홍희 아버지는 이제 더 올라갈 자리도 없구에. 그러니…… 다른 방법도 한번쯤은 생각해 봐야지비. 집 팔고 조금만 더 보태면…… 우리도, 뭐.”

엄마의 말이 채 끝나기도 전에 할아버지가 숟가락을 밥상에 탕, 하고 내리쳤다. 엄마는 놀람과 동시에 본능적으로 날 품에 끌어안았다. 숟가락 소리가 그렇게 쨍하게 울릴 줄은 아무도 예상하지 못했다.

나는 입안 가득 머금은 쌀밥을 삼키지도 못한 채 그대로 얼어붙었다.

“내 아버지는 가방끈도 짧고 이 간도 땅에서 억세게 고생만 했어도 조선인으로서의 자부심, 족보, 그리고 이 가옥만은 지키고자 했다. 우린 족보는 지키지 못했지만은 가옥은 지켜야 할 거 아니냐?”

역시나 어려운 말이었지만 난 똑바로 알아들었다. 이건 내가 지금보다 더 어릴 때부터 할아버지가 내 귀에 계속 넣어 준 말들이었다. 자꾸 들어서 그런지 난 할아버지의 말이 일리가 있다고 생각했다.

엄마는 코끝이 빨개졌지만 눈물을 흘리진 않았다. 콧물을 훌쩍이며 천천히 자세를 바로 세우고는 조용히 입을 열었다.

"그런 선비 같은 말, 저도 백 마디도 할 수 있슴다. 근데 지금껏 이 집을 지킨 사람은 누구였겠슴까. 겨울마다 석탄 불 때고, 텃밭 가꾸고, 손 빨래해서 꽁꽁 언 옷 밖에다 널고, 매일 전통 음식으로 상차림 하고, 홍희 어릴 때 한글 가르친 것도…… 다 이 며느리임다."

엄마는 잠시 숨을 골랐다. 목이 잠긴 듯했다.

"이 집을 정 못 팔겠으면……, 저라도 남쪽 가서 몇 해 돈 벌고 오겠슴다. 다들 층집 사고, 신식 가구 들이고, 부자 되는 마당에……, 왜 우리만 옛날 타령 속에 살아야 됨까, 아버님?"

"남쪽에 돈 벌러 가겠다고? 제 무슨 행방 없는 소리 하오?*"

이번엔 말없이 앉아 있던 아버지의 눈이 데꾼해졌다. 심장이 덜컥 내려앉은 건 나도 마찬가지였다.

"정 방법이 없으면 그럴 수도 있다는 게지, 당장 가겠다는 건 아니잖슴까. 홍희 두고 가는 건 나도 싫슴다. 집을 파는 게 무슨 큰 일이라고."

엄마의 목소리는 한층 가라앉았지만 말끝마다 호락호락해 보이지 않았다. 할아버지는 잠시 말을 잇지 못했다. 금방이라도 기침이

   *어찌 그런 어처구니없는 말을 하오?

치밀어 오르는 듯 가슴을 움켜쥐더니 거친 가래 기침을 몇 번 토해 냈다. 그러곤 물을 한 모금 들이켜고 나서야 천천히 숨을 골랐다.

"지금 이 조선족 사회가 돌아가는 꼬락서니를 봐라. 다들 돈에 눈이 돌아가서 말이다. 남쪽이 좋기만 한 줄 아니? 운 좋게 돈벼락 맞는 사람도 있고…… 나쁜 사장 만나서 돈 고생 맘 고생 다 하는 경우도 있는 법이야. 다들 뭣이 중한지도 모르고 돈만 좇아 빠져나가면 삼십 년? 빠르면 이십 년 안에 조선족의 기반이 흔들릴 수도 있어."

할아버지의 말투는 아까와는 달리 곡진한 타이름에 가까워 보였다. 하지만 아버지와 엄마는 흥, 하고 코웃음을 치듯 가볍게 넘겼다.

"그래 봤자 연변엔 조선족이 얼마나 많은데에. 다들 돈 벌면 고향에 돌아올겜다. 조선족이 그렇게 쉽게 망할 일은 없지비."

할아버지는 한참을 침묵하다가 힘없이 일어나 골방 안으로 들어가 버렸다. 그럴 때마다 골방은 꼭 마치 달팽이집 같았다. 나는 오랜만에 집 안에 흐르는 무거운 분위기에 눌려 눈치만 봤다. 섣불리 어느 편을 들 수가 없었다. 엄마 말도 맞고 할아버지 말도 맞는 것 같았다. 이럴 때는 어떡해야 하는지 잘 모르겠다.

"내가 농사를 지어 봐서 아는데……."

엄마는 할아버지가 골방 안에서 듣고 말고 상관없다는 듯, 밥상을 정리하다 말고 나를 가까이 끌어당기며 입을 열었다. 한두 마디로 타이를 때와는 달랐다.

"농사는, 풀칠이나 할 수 있을 뿐이야. 결국엔 속만 버린다."

엄마 말이 무슨 뜻인지 어렴풋이 짐작할 수 있었다.

시골에서 농사짓는 외할아버지만 봐도 그랬다. 칠십을 바라보는 나이에도 여전히 논밭을 맸다. 여름엔 가뭄이 들어도 걱정, 장마가 와도 걱정이었다.

자연재해를 비껴가면서 적당한 바람과 비가 내려줘야 그해 수확이 그나마 괜찮다는 걸, 어릴 적에 이미 익히 들었다. 외할아버지는 나에게 용돈을 준 적이 별로 없었다. 대신 해마다 쌀이며, 그해 농사 중 제일 잘된 농산물 한 가마를 소 수레에 실어 보내 주셨다.

내가 더 어릴 적, 엄마는 텃밭 절반을 돼지우리와 닭장으로 만들고 가축도 길렀다. 하지만 마흔을 넘기고부터 정오 무렵 낮잠을 잘 때마다 자신이 '우는 얼굴로 입을 벌리고 잔다'는 사실을 내 입을 통해 듣고는 충격을 받은 듯했다. 얼마 뒤, 엄마는 가축을 모두 처분했다.

한족 닭 장수의 천 주머니에 들어가지 않으려 꼬꼬댁거리며 발버둥치던 닭들, 네 다리가 묶인 채 트럭에 실려가며 꿀꿀 울던 돼지들 모습이 눈에 밟혔는지 엄마는 며칠을 가마목에 드러누워 맥을 놓았다.

　그때 엄마는 말했다. 이해할 수 없었다고.

　닭과 돼지를 사 가는 사람도 한족, 삼륜차를 몰고 다니는 사람도 한족, 심지어 우리 집 변소의 똥을 퍼 가서 거름으로 쓰는 것도 한족이었다. 시내엔 조선족이 더 많은데 왜 장사를 오래 하는 사람들은 한족이 더 많은 것 같은지.

　대신 조선족들은 본능적으로 '돈 냄새 나는 곳'을 향해 떠났다. 러시아 장사가 잘된다고 하면 너도나도 러시아로 몰려갔다. 코 큰 러시아인들이 값을 깎지 않아 장사하기 수월하다는 말에 사람들은 곧 마음을 빼앗겼다. 북쪽에 물건을 대는 이들도 있었고, 누군가 단기간에 돈을 벌었다는 말 한마디에 마을엔 늘 바람이 불었다. 다들 '목돈'을 노리는 것 같았다. 엄마는 가방끈이 짧아서 할아버지처럼 거창한 분석은 못하지만 조선족은 한자리를 오래 지키는 일보다 어딘가로 훌쩍 떠나는 게 더 쉬운 사람들인 것 같다고 말했다.

　엄마가 남쪽 비자 이야기를 꺼낸 뒤로 아버지의 표정은 자주 굳어 있었다. 어느 날은 영순 이모네 집엔 가지 말라고 으름장을 놓다가도, 다른 날엔 할아버지가 엄마를 설득해 주길 바라는 눈치였다. 할아버지도 물론 힘을 보탰다. 하지만 학자풍 말투가 엄마 귀에 효과가 있었는지는 잘 모르겠다.

"불쌍한 사람들이지. 떠난다고 뭐가 달라지겠나. 어디를 가도 결국은 노동자가 될 사람들이야. 노동자는 어딜 가서도 팔자가 거친데, 그게 국경 넘어 외국인이 되면 사람 대접 받긴 어렵지. 어른들이 근본 없이 이리저리 흔들리면 홍희 같은 아이들은 뭘 보고 배우겠냐."

엄마는 뭔가 대꾸하려다 입을 씰룩거렸지만 참는 듯 보였다. 나는 엄마가 행여 그래도 떠난다는 말을 할까 봐 속이 조마조마했다. 엄마가 돈 벌러 간다는 말을 한 이후로는 장기도 손에 잘 잡히지 않았다. 한창 기본기를 배우는 중이었는데 한 번씩 정신줄을 놓아서 한족 코치에게 호되게 혼나기도 했다. 가뜩이나 시작이 늦었는데 대충 할 바엔 아예 그만두란다. 코치는 가르칠 때도 엄격했지만 혼낼 때는 더 사정없었다. 혼을 싹 빼놓았다. 나는 한족 여자아이들이 쓰는 화장실에 가서 혼자 펑펑 울었다. 모양새가 좀 그렇긴 한데 엄마 때문에 자꾸 마음이 약해져서 눈물이 났다.

그것도 모르고 엄마는 가끔 할아버지가 외출한 틈을 타 내 귀에만 들리게 속삭였다.

"엄마가…, 남쪽 가서 몇 년만 고생해 볼까?"

그 말이 나올 때마다 내 가슴 한가운데서 커다란 벽돌 하나가 뭉툭한 소리를 내며 아래로 툭 떨어졌다.

우리 반에도 가끔씩 누군가가 퉁퉁 부은 눈으로 교실에 들어와 오전 수업 내내 엎드려 있을 때가 있다. 그건 열에 아홉은 부모 중 한 사람이 떠난 경우였다. 그 아이들은 한 달 정도는 상심에 젖어 있다가도 얼마 후부터는 도시락 대신 학교 앞 분식집에서 비싼 돈까스를 먹기도 하고, 필통이나 볼펜 같은 게 남쪽 물건으로 바뀌곤 했다.

하지만 난 그런 게 부럽지 않았다.

엄마가 정성스럽게 싸 준 도시락엔 내가 좋아하는 오징어볶음이나 제육볶음, 소고기 장조림이 들어 있었다.

경매는 할머니가 싸 준 계란프라이와 마늘 짠지를 처음엔 내 앞에서 꺼내기 망설였지만 내가 아무렇지 않게 마늘 짠지를 집어 먹은 뒤로는 조금은 편해진 것 같았다. 그래도 내 반찬에는 젓가락을 쉽게 들이밀지 않았다. 결국 매번 내가 먼저 반찬 몇 점을 덜어 경매의 도시락에 올려 줘야 했다.

평소엔 양꼬치도, 왕두의 빠오즈도 턱턱 사 주는 경매가 왜 우리 엄마의 반찬 앞에서는 그렇게 조심스러워지고 눈에 띄게 위축되는지… 알 것 같기도 모를 것 같기도 했다. 엄마의 도시락으로 배를 채우고 나면 괜스레 어깨가 펴졌다. 그러니까 나는 엄마가 말하던 층집도, 질 좋은 남쪽 물건도 크게 욕심나지 않았다.

하지만 엄마 말처럼 정말 몇 년만 고생하고 돌아오면 지금보다

나아질 수 있는 거라면…… 그걸 내가 말릴 수 있을까. 엄마가 남쪽 이야기를 유난히 많이 한 날 밤이면 나는 새우등을 하고 잠든 엄마의 등을 뒤에서 껴안고 잤다. 그 등에서 고른 숨소리가 내 피부에 닿으면 그제야 비로소 안심하고 눈을 감을 수 있을 것 같았다.

엄마의 따뜻한 체온이 닿을 때면 장기도, 할아버지가 가르쳐 주는 민족 역사도 머릿속에서 증발했다. 나는 그저 본능에만 이끌리는 작은 짐승처럼 온기만을 좇았다. 그 온기를 줄 수 있는 사람은 엄마뿐이었다. 엄마가 머뭇거리는 사이 나는 그 품에 더 파고들었다.

엄마는 겨울 준비에 본격적으로 분주해졌다.

잠시 남쪽 얘기를 접고 작년에 입었던 내 뜨개 바지를 꺼내 더 길게 덧대어 떴다. 촌스럽지만 그 바지는 눈 덮인 아침, 변소에 갈 때 꼭 필요했다. 김장날에는 온 식구가 달라붙었다. 엄마는 배추김치와 총각김치 같은 민족 김치를 담갔고 우리는 그 김치들을 장독에 차곡차곡 눌러 담았다. 텃밭 한구석엔 여전히 오래된 김치움이 남아 있었다. 김치를 다 담그고 나면 아버지와 나는 사다리를 놓고 그 깊은 움 속으로 장독을 옮겼다. 김치들은 이제 땅 속 겨울잠에 들어갈 준비를 마친 셈이었다.

그리고 하필 그 추운 겨울에 할아버지는 몸져누웠다. 그 나이에 병원 가면 바로 저세상 열차를 타는 거라며 한사코 싫다고 우기시더니 기침이 더 깊어지자 그제야 늦은 밤 삼륜차에 실려 갔다. 할아버지는 그날 이후 며칠 내내 집에 돌아오지 못했다.

밤 늦게 집에 들어와 아침 일찍 밥상을 차려 두고 바람같이 사라지는 엄마에게서 할아버지가 급성폐렴으로 위중하다는 말을 들었다. 그땐 묵직한 슬픔이 목에 걸리는 것 같았다. 눈물을 흘리지 못하고 애꿎은 가슴을 탕탕 치며 허기진 배에 물만 한가득 마셨다.

그러고 보니 병원에 가던 날 아침, 할아버지는 방학을 맞아 아침 일찍 장기 연습실에 가는 날 대문 앞까지 배웅해 주셨다. 자주 있는 일이 아니라서 쉬이 걸음을 떼지 못하고 대문 앞에 서 있었더니 손에 초담배를 든 할아버지가 환히 웃으셨다. 추우신지 투명한 콧물이 고드름처럼 코에 맺혀 있었지만 할아버지는 솜옷 가슴의 단추들을 끝까지 잠그지 않으셨다.

"홍희야, 춥지? 그래도 허리와 어깨는 쭉 펴."

할아버지가 담배를 입에 문 채 내 어깨를 툭툭 치시길래 나는 과장된 몸짓으로 허리와 어깨를 한껏 폈다.

"홍희야, 조선족이란 말이다. 중국 사회에선 언제나 소수민족이고……; 같은 민족이라 해도 한국 사람들이나 북쪽 사람들과도 친해지긴 힘들 게야. 그래서 늘 어정쩡할 수 있어. 설 자리를 찾느라 마음고생도 많이 하고."

나는 잠자코 듣고 있었다. 할아버지는 추위 속에서 담배 연기를 힘껏 빨아들였다가 허공을 향해 한숨처럼 깊이 뱉어 냈다. 어깨를 들썩이는 깊은 기침이 곧바로 따라붙었다. 내가 등을 두드려 드리려 가까이 다가가자 할아버지는 손을 홰홰 저으셨다. 그러고는 기침이 잠잠해지자 천천히 말을 이으셨다.

"그래도 박홍희, 너는 이 할배가 너를 어떻게 키웠는지 곱씹어 생각하면서 어깨를 쫙 펴고 살아야 한다. 어디 가서든 제 몫은 해내는 사람이 되어야지. 왜 조선족인지, 어떤 조선족인지를 누구 앞에서도 똑부러지게 말할 줄 알아야 하고. 알겠니?"

나는 힘차게 고개를 끄덕였다. 할아버지의 입가에 안도의 미소가 번졌다.

"그리고 또…"

차마 할아버지에게 늦었다고 재촉하는 말을 꺼내지 못했다. 할아버지 골방에서나 들을 법한 말들이었지만 굳이 밖에서 들려주려 한 걸 보면 그날은 유난히 중요한 날이었나 보다. 할아버지는 피다 만 담배를 땅에 떨구고 끌신을 신은 발로 담뱃불을 비벼 껐다.

"망한다는 건 말이다, 한순간에 폴싹 엎어지는 경우는 드물다. 그저 탱탱한 공의,"

할아버지는 마른 가지 같은 손가락 열 개를 가지런히 벌려 공 모양을 만들었다.

"공기 주입구를 열어 놓는 것과 같은 거야. 공기는 매일 아주 조금씩, 눈에 보이지 않을 만큼만 빠질 게야. 누군가가 칼로 찢지도 않고 억지로 공기를 빼지 않아도 공은 점점 후줄근해지는 거지. 더 이상 통통 튀어오르지 않으면 그 공은 망한 거야. 사람의 정신이란 게 그 공 같아. 박홍희, 정신 잘 지켜."

어려운 말이었지만 나는 또 고개를 끄덕였다. 그날 아침은 신기하게도 할아버지가 하는 말들이 머리에 쏙쏙 들어왔다. 무슨 말인지 이해되는 것들도 있었고, 어려운 말들은 장기판 화면처럼 통째로 머릿속에 기억되는 것 같았다.

지각했다고 성급하게 돌아서기 전에 할아버지에게 말해 드릴 걸 그랬다. 나는 역사 속 이순신이나 세종대왕보다, 기품 있는 양반집 자제였을지도 모를 철룡이 할아버지 김혁조보다 농사꾼의 아들인 내 할아버지 박삼봉이 훨씬 더 멋있다고. 오글거려서 입만 움찔거리다 끝내 말을 못 했는데… 못내 후회되었다.

학교 가는 길에 가만히 생각해 보니 할아버지는 오랫동안 내가 이해하지 못하거나 관심 없을 것 같은 말도 눈을 오래 응시하며 자주 들려주셨다. 같은 말을 하고, 또 하고. 난 가끔 잔소리 같아서 질렸지만 할아버지는 한번도 질린 적 없었을 거란 생각이 들자 울컥했다.

할아버지의 장례식은 소박하게 치러졌다. 엄마가 미리 손을 쓴 덕분에 연변 지역과 중국의 대도시에 흩어져 살던 친척들까지 모두 모여 일요일에 장례식을 치를 수 있었다.

할아버지의 오랜 동료라는 덩치 큰 할아버지가 추모사를 읽었다. 먼 발치에 앉아 있어서 소개말은 잘 들리지 않았지만, "역사"와 "민족 자부심"이라는 단어가 추모사의 절반을 채우고 있어 본능적으로 동료라는 걸 알 수 있었다. 그건 추모사라기보다는, 추모사인 척하는 민족 교육 강의 같았다.

슬픔과 피로가 겹쳐 모두의 눈가가 퀭해진 와중에 누군가는 불편한 듯 미간을 찌푸렸다. 대부분의 조문객들은 얼른 배나 비행기를 타고 다시 일상으로 돌아가야 할 사람들이었다.

나는 이모들처럼 큰소리로 통곡하며 울 수 없었다. 눈물을 훔치다가도 목이 메어 콧물인지 눈물인지 모를 액체들이 입안 가득 고였다. 그걸 계속 삼켰다. 아버지의 동료들이 검은 양복을 입고 조용히 들어와 조문을 하고는 이내 빠져나갔다. 멀리서 온 친척들도 갈 길이 바빠 하나, 둘 자리를 떴다.

그날 밤은 유난히 길었다.

조문객들을 바래다주고 집에 돌아온 아빠는 자리에 그대로 털썩 드러누웠고 소리 없이 뒤척였다. 아빠의 작아진 듯한 뒷잔등을 바라보니 가끔씩 할아버지가 잠 든 아버지의 등에 대고 한숨처럼 했던 말이 귓가에 들리는 것 같았다.

"에끼! 보드기 같은 자식!"

엄마는 늦은 밤인데도 부엌 아궁이에 땔감 나무와 석탄을 넣었다. 차디찬 장판에 누워 자면 아무리 이불을 돌돌 만다 해도 뼛속까지 스며드는 한기에 감기가 든다나. 하긴, 이 밤보다 더 추운 건 내일 새벽일 테다. 모두가 혼곤히 잠든 시간, 소리 없이 스며들 겨울 새벽을 생각하며 나는 이불을 꽁꽁 여몄다. 몸은 물 먹은 솜처럼 무겁고 나른한데 쉬이 잠이 오지 않았다.

슬픈 건 맞는데 이상하게 눈물도 나오지 않았다. 아직은…… 할아버지가 골방 안에 없다는 게 믿어지지 않았다. 골방을 향해 돌아누웠다가, 다시 골방을 등지고 누웠다. 그러다 또 어두운 골방을 향해 몸을 틀었다. 그렇게 몇 번을 뒤척였다. 다음 주부터 당장 새로운 학기라서 또 학교에 가야 하고 얼마 뒤엔 곧 위란이와 다시 장기도 붙어야 한다. 어쩐지…… 자신이 없다. 복기를 도와주고 전략도 짜 주는 할아버지가 없으니 질 것만 같았다. 장기판 위 말들이 제자리를 잃은 것처럼 내 마음도 어디에 두어야 할지 알 수 없었다.

떠나는 사람들 2

　다행히 아직 방학이라 며칠을 더 집에서 쉴 수 있었다. 이틀째 장기 연습하러 가지 않으니 코치에게서 직접 전화가 걸려 왔다. 대충 상황 설명은 했는데 코치는 그래도 너무 오래 쉬지는 말라고 퉁명스럽게 말했다. 눈치 빠른 옆집 칭씨가 우리 집 앞에까지 찾아와서 도시락을 놓고 간 덕분에 며칠 동안 기름진 차오차이에 배추김치를 먹으며 세 식구는 말을 아꼈다. 할아버지가 계셨던 미닫이문을 차마 열 수가 없었다. 그 문을 열면 여전히 돋보기를 낀 할아버지가 올방자를 틀고 앉아 책을 읽다가 장기 한판 두자고 하실 것 같았다.

　또 새로운 학기를 맞아 학교에 갔지만 전혀 즐겁지 않았다. 그냥 말없이 책상에 힘없이 드러누웠다. 이제 아이들은 우리 엄마도 남쪽에 간 거라고 의심할지도 모른다. 퉁퉁 부은 눈과 힘없이 책상에 드러눕는 모습은 완벽한 증거로 보일 테니까. 중간 체조 시간에 간간이 누군가가 몰래 내 책상 서랍에 초콜릿이나 힘내라는 쪽지를 넣어 주었다.

오전 수업이 끝난 이후 내게 다가와 등을 툭툭 두드린 건 봉호 선생님이었다. 봄이 오는 중이긴 하지만 아직 추운데도 꽃 하나 피지 않은 화단 옆에서 잠깐 보잔다. 거기 앉으면 엉덩이가 아직 시린데 알고 있으려나 몰라.

"할아버지는 잘 보내 드렸니?"

"네."

"울기 없기다. 지금 울면 눈물이 얼음 된다. 어우, 춥다."

이미 울 만큼 울어서 나올 눈물이 없다고 받아치려다 참았다. 얼른 봉호 선생님과 할 말을 끝내고 따뜻한 교실로 들어가고 싶었다.

"경매가 연락 없이 학교에 안 나와. 새 학기인 거 모를 리는 없을 테고. 전화도 안 받고 학교에 써낸 집 주소는 없는 주소더라. 뭐 아는 거 없어?"

아침엔 경황 없어 몰랐는데 그러고 보니 경매가 없었다. 있었으면 며칠 만에 학교에 온 나에게 뛰어와 뭐라도 말을 걸었을 텐데.

나는 기억들을 더듬으며 더듬더듬 대답했다.

"경매가…… 많이 힘들어했어요."

"뭘 힘들어했어?"

봉호 선생님이 처음 듣는 얘기라는 듯 바투 물었다.

"걔 아버지가 장기 환자잖아요. 점점 더 아픈 것 같다고 힘들어했어요. 또 제가 방과 후랑 방학에 장기 연습을 하느라 자주 못 만나서 심심하다 했고요, 또……."

"또 뭐?"

"경매가 좋아하는 젝키가 갑자기 해체를 해서 많이 슬프다 했어요."

"젝키는 작년 5월에 해체했잖아. 그때는 정말…… 여자애들이 교실에서까지 울고 불고 해서 혼이 쑥 빠질 뻔했지. 근데 지금은 3월인데, 젝키랑 뭔 상관이야?"

"아니……, 시간이 왜 중요한데요. 어떤 슬픔은 시간이 흐를수록 진해질 수도 있는 거잖아요."

경매를 위해 변명하다가 눈물이 또르륵 흘렀다. 볼이 차가워서 얼른 닦았다.

"흠." 봉호 선생님은 팔짱을 끼고 생각에 잠기더니 머리를 절레절레 저었다. 그러곤 바투 물었다.

"경매 집 어딘지 알지? 같이 가자."

표정이 어두워 보여서 그제야 나도 슬슬 걱정되었다.

"제발 중2는 별탈 없이 다들 잘 넘어가길 바라는 중이다. 벌써 이러면 안 되는데."

선생님이 혼잣말처럼 중얼거리며 오토바이에 시동을 걸어서 난 잽싸게 뒤에 올라탔다. 뒤에 앉아서 뒤통수에 대고 큰 소리로 좌회전, 우회전을 알려 주는데도 선생님은 자꾸 멈춰서 "뭐라고? 안 들려! 왼쪽? 오른쪽! 그냥 가라고?"하면서 이상한 소릴 해 댄다. 경매 집에 가는 길이 이렇게 험난할 일인가. 초봄에 오토바이를 타 보는 건 또 처음이었다.

헬멧을 썼는데도 귓가에 찬 바람소리가 매섭게 들리고, 그 바람이 거의 사정없이 때리는 것처럼 뺨이 얼얼해졌다. 다행히 요즘 눈소식이 없어서 다행이지, 강판이었으면 오토바이는 위험할 텐데. 그러거나 말거나 헬멧 없이 운전한 봉호 선생님은 경매의 집 앞에서 내리고 보니 머리카락도 헝클어지고 얼굴은 벌겋게 얼어 있었다. 대충 머리카락을 정리하고 대수롭지 않은 듯 경매네 집 문을 몇 번을 두드렸지만 인기척이 없다. 창문에는 두꺼운 커튼이 드리워 있어서 안을 들여다볼 수도 없었다.

"경매가 어디 갔을지 짚이는 데가 없어? 오늘 안에 못 찾으면 경찰에 신고할 거야."

"에? 신고까지요?"

그제야 난 상황의 심각성을 알고 울먹였다. 경매에게 불쑥 미안한 마음이 들었다. 장기 연습을 하고, 엄마가 행여 남쪽에 갈까 봐

吉H7878

전전긍긍하는 사이 내 마음이 경매에게 소홀해졌다는 것을 그제
야 알았다.

봉호 선생님 앞에서 손가락을 하나씩 꼽아 보며 그동안 경매와
갔던 장소들을 소환해 냈다.

우물가, 비디오 대여방, 낡은 만화 책방, 칭씨네 차오차이 도시락
가게, 위구르족 양꼬치 가게⋯, 그리고 마지막 장소는 얘기할까 말
까 망설였다.

"다 말해. 또 어딘데."

"경매가 비밀이라고 했는데."

"니네 비밀은 나도 비밀로 할게."

봉호 선생님을 믿어도 되나? 모르겠다. 그래도 이런 긴박한 상
황엔 알려 줘야 할 것 같았다.

"경매는 너무 힘들 땐 한달에 한두 번씩 혼자 시외버스를 타고
연길공항에 간다고 했어요."

"그 먼 곳까지는 왜?"

"엄마가⋯⋯, 남쪽으로 비행기를 타고 갔잖아요. 경매가 중학
교만 졸업하면 남쪽에 데려가겠다고 했대요. 거기 앉아 있으면 뭐
든⋯⋯, 조금 더 기다리고 참을 수 있을 것 같다고 했어요."

봉호 선생님은 학교 앞 분식집에 날 내려 놓고 비빔밥을 주문해
준 뒤 다시 바람처럼 사라졌다. 경매를 꼭 찾아올 테니 오후 수업

을 잘 들으란다. 밥을 씹고 있는데 훌쩍훌쩍 콧물도 나고 눈물도 났다. 친구라면서, 혼자 잘난 척은 다해 놓고 경매에겐 따뜻한 위로 한마디해 준 적 없이 내 세상 안에서만 그동안 갇혀 있었다는 후회가 밀려 왔다. 그러고 보니 경매는 외롭다, 심심하다는 말을 자주 했던 것 같다. 나에겐 경매만큼 그토록 퍽퍽하고 건조한 사막은 없었으니 그렇게 쌈닭처럼 굴 수 있었던 걸까.

오후 수업 동안 경매 생각만 했다. 이런 적은 처음이었다. 가끔 수업 때 뒤를 돌아보면 키가 크고 덩치도 좋은 경매는 항상 뒷자리에 듬직하게 있었다. 귀에 이어폰을 꽂고 누워 있을 때도 있었고 교과서 사이에 로맨스물 만화책을 꽂아 놓고 읽을 때도 있었다. 공부랑은 거리가 먼 아이였다. 그래도 경매는 다른 아이들처럼 수업 때 내게 쪽지를 보내거나 한 적은 없었다. 자기 때문에 행여 내 성적이 떨어질까 봐 싫다고 했다. 돌아오면 난 이제는 내 얘기만 하지 않고 경매 얘기도 잘 들어 줄 텐데, 이젠 더 자주 경매 집에도 갈 수 있을 것 같은데.

수업이 끝나고 혼자 우물가에 한 시간가량을 앉아 있었다. 우물가엔 아무도 없었다. 하긴, 다들 따뜻한 집에서 배를 붙이고 누워 있겠지. 경매 걱정을 하다가 그 틈새로 할아버지가 끼어들었다. 내 겐 더없이 소중한 두 사람이었다. 경매가 종종 말하던 상실감을 그동안 깊이 알지 못했다. 경매를 다시 만나면 나는 상실감이라는 건 마음 안에 깊은 우물이 생기는 일이냐고 묻고 싶었다.

이제 막 집에 가려는데 솜옷에 목도리, 방한 귀도리까지 착용하고 전신 무장한 왕두가 우물가에 나타났다. 어쩐지 반갑기도 하고 놀랍기도 해서 나도 몰래 먼저 말을 걸었다.

"아무도 없는데 빠오즈를 팔러 나오는 거야?"

"이건 내 고객과의 약속이야. 추워서 이 시간대에 삼십 분만 나오는 걸로 다들 알고 있거든. 빠오즈를 먹고 싶은 고객 한둘은 꼭 나타나."

자식, 제법이네. 진짜 장사꾼 같잖아. 경매 소식을 물었지만 모른단다. 왕두도 걱정되었던지 경매가 돌아오면 꼭 데리고 우물가에 놀러 오라고 했다. 한참을 한담을 나누다가 선심 쓰듯 왕두에게 돈을 내밀며 소고기 소 빠오즈 두 개를 달라고 했다. 한데 왕두가 절레절레 머리를 젓는다.

"넌 집에 가서 엄마가 해 준 집밥을 먹어야 하잖아. 얼른 집에 가봐. 빠오즈가 필요한 건 경매지."

나는 돈을 내민 손을 민망하게 다시 호주머니에 밀어 넣고는 돌아섰다. 내가 장기를 배운 시간보다 훨씬 더 길고 오래, 왕두는 장사를 배우고 장사꾼으로 살아남는 이치를 배웠을 거라는 생각이 그제야 머릿속에 스쳤다.

다음날 아침, 난 여느 날보다 일찍 학교에 도착해선 교문 앞에서 서성거렸다. 지나가던 선생님들과 아이들이 여기서 뭐하냐고 물어보는 건 좀 부끄럽기도 하고 쑥스럽기도 하지만 교실보단 대문 앞에서 경매를 기다리고 싶었다.

삼십 분이 지나고, 이제 지각할까 봐 헐레벌떡 뛰어오는 아이들 몇 명만 빼고 조용해질 때 즈음 나는 다리에 힘이 탁 풀릴 것만 같았다. 매일 경매를 보는 게 당연할 줄로만 알았지, 이렇게 걱정되고 슬플 날이 올 줄은 꿈에도 몰랐으니까. 그러고 보니 봉호 선생님도 교문 앞에서 본 적이 없다.

첫 수업을 알리는 종소리가 울려서 아쉽게 걸음을 옮기려는데 먼 발치에서 봉호 선생님과 경매가 천천히 걸어오는 모습이 보였다. 꿈인 줄 알았다. 눈을 비비고 다시 봐도 경매가 맞았다.

"경매야!"

한달음에 달려가 경매 등짝을 딱 때렸다.

"넌 뭐니? 왜 말도 안 하고 사라지고 그래? 이러고도 우리 단짝 친구야?"

속은 반가웠는데 말은 왜 이렇게 까칠하게 나가는지 모르겠다. 눈물까지 핑 도는 걸 보더니 경매가 "잘못했어." 하면서 엉엉 운다. 이미 울었는지 퉁퉁 부은 눈에 또 눈물이 차오른다.

"둘 다 그만 울고 얼른 수업 들어가야지."

봉호 샘이 냉정하게 나와 경매의 등을 힘껏 밀었다. 우리는 손을 잡고 허둥지둥 교실 옆 화장실에 가서 대충 물 세수를 하고 첫 수업은 나란히 지각했다.

수학 선생님은 지각하는 아이들을 원래 못 본 척하고 10분씩 그 자리에 세워 둔다. 공개 망신을 줘야 지각하지 않는다고 믿는 모양이다. 하지만 아이들도 무심한 척 칠판을 볼 뿐 지각생을 쳐다보지 않는다. 그게 우리 사이에는 동지애 같은 거였다. 경매는 서서 코를 훌쩍이다가 내 귀에 대고 말했다.

"그래도… 너랑 같이 서 있으니까 덜 부끄러워."

"나도."

그날 하학 후 경매는 우물가에 가서 오랜만에 왕두의 빠오즈를 우걱우걱 먹으며 전날 있었던 일을 풀어 주었다.

"봉호 선생님이 연길까지 나 찾으러 왔어. 완전 감동. 안 그래도 하학 시간에 맞춰 집에는 가려고 했던 건데. 혼내지도 않고 연길에서 햄버거 사 주심."

경매는 비밀이라고 하면서도 어쩐지 우쭐해 보였다.

난 대체적으로 똑똑한 척 내 의견을 자꾸 말하는 편이었지만 그날따라 속 깊은 결심을 했다. 경매 말은 그냥 들어 주고 맞장구쳐 주기로. 가만히 생각해 보니 경매도 나한테 그랬던 것 같다. 내가 기분 나쁠 땐 같이 욕해 주고 내 편을 들어 줄 때가 많았지.

"우와, 진짜 부럽! 나도 연길 햄버거는 아직 못 먹어 봤는데."

"나 혼자 버스 타고 연길 갈 수 있어. 다음에 같이 가서 햄버거도 먹자."

어……, 엄마한테 들키면 무슨 여자애가 겁도 없다고 혼날 텐데. 에라, 모르겠다.

"좋아 좋아! 꼭 같이 가기다. 좋은 데는 혼자 다니지 말구!"

경매는 귀에 꽂은 시디플레이어 이어폰을 빼고 또 말을 이어 갔다.

"날 너무 걱정하지 마, 괜찮아. 한 번씩 막 외롭거나 울적함이 올라오다가 가라앉고 그래. 어제 햄버거 먹고 많이 가라앉았어. 근데 우리 나이에 뭐, 반에 한 절반은 외로워하기도 하고 울적해하기도 하고 그럴걸. 홍희, 너도 그럴 때 있지 않아?"

"그럼! 나도 그럴 때 있지!"

얼른 맞장구를 쳤지만 아직은 알 듯 말 듯했다. 할아버지를 생각하면 앞으로는 한 번씩 외롭고 울적할 것 같았다.

경매는 그날 한 시간 내내 이런저런 이야기들을 길게 늘어뜨렸다. 어쩌면 그동안 내가 맞장구만 잘 쳐 줬어도 더 일찍 들었을 수도 있는 말들이었다.

"우리 반 정애랑 성호가 사귀는 거 알아?"

이건 진짜 기절할 소식이었다. 정애는 반에 5, 6등 하는 우등생 아이고 성호는 운동만 하는 애라서 접점을 떠올릴 수가 없었다.

"이것도 비밀이야. 저번 주부터 사귀어서 반에 모르는 애들 많아. 봉호 선생님도 모르셔."

경매는 내게 그가 아는 모든 비밀을 털어놓을 태세였다.

나는 충격을 받은 척 눈을 동그랗게 뜨고 뒤로 넘어가는 듯한 시늉을 했다. 경매는 머리까지 뒤로 젖히고 웃어 대더니 어른스럽게 매듭 지었다.

"어린애들이 무슨 사랑을 알겠니. 둘 중 하나야. 외롭거나 심심하거나. 난 알아."

경매는 아이들 사정을 나보다 더 많이 알았다. 난 아이들의 성적이나 성격, 말하는 태도를 주로 보았는데 경매는 반에 절반 이상 아이들의 부모가 외지로 돈 벌러 갔다거나, 또 이혼하기도 했다는 걸 알고 있었다.

"앞자리에 앉은 애들이야 뭐 관심이나 갖겠니. 우리끼린 뒤에 앉아 맨날 쑥덕거리니까 다 알지. 재밌는 거 있음 또 알려 줄게!"

난 알겠노라고 시원하게 대답했지만 낯선 세상의 또 다른 비밀 문을 열어 버린 것 같아 얼떨떨했다. 헤어질 때 즈음에 난 어젯밤 만약 경매가 다시 돌아온다면 해 주고 싶었던 말을 용기 내어 했다. 오글거리긴 했지만.

"경매야, 너 젝키 오빠들 여차 하면 만날 수도 있어."

"어떻게……?"

경매가 눈이 휘둥그레지면서 바투 물었다.

"중학교 졸업하면 남쪽에 간다며. 넌 머리 꾸미는 일에 관심 많으니까 미발*을 잘 배워서 유명해지면 젝키 오빠들이 너한테 고객으로 올 수도 있지. 팀은 해체돼도 직업이 연예인이니까 계속 티비에 나올 것 같은데."

"내가 젝키 오빠들 머리도 만질 수 있다고?"

경매의 얼굴이 갑자기 홍당무처럼 빨개졌다.

"와. 난 왜 이 생각을 못했지? 역시 우리 홍희 똑똑하다!"

어제까지 울적해서 연길공항까지 도망간 애가 이토록 황홀한 표정을 짓을 수 있단 말인가. 근데 뭐, 나도 엄마 앞에서는 왈칵 짜증을 내다가도 갑자기 거울을 보면서 새끼손가락을 입을 대고 이정현 언니의 '와'나 '바꿔'를 흥얼거리기도 하니까, 이 정도는 정상인 걸로.

"아무튼, 앞으로 1년 반은 나랑 계속 친구하면서 같이 다니는 거다. 잘 부탁할게."

경매에게 준비했던 오글거리는 말을 하고 얼굴이 화끈거려서 급히 돌아섰다. 사랑 고백도 아닌데 어쩜 이리 부끄럽고 민망한지.

그렇게 말해 놓고 나니 또 울고 싶어졌다. 경매도…… 1년 반 뒤

*미용

엔 내 곁을 떠나는 거네. 울 엄마도 날 떠날지 모르고. 왜 사람들
은 자꾸 떠날까. 여전히 장기가 손에 잡히지 않았다. 장기판 위의
기물들이 하나, 둘 사라지는 꿈을 꾸었다. 슬퍼서 기물을 손에 꽉
잡을 수 없었다.

1년

　할아버지가 내 옆에서 떠났다는 걸 알고 나서 경매는 갑자기 내 매니저로 자처하고 나섰다. 매니저가 뭐냐고 물으니까 젝키 오빠들 옆에도 매니저라는 사람이 있는데 옆에 항상 붙어서 이것저것 도와주는 역할이라고 했다. 수업이 끝나고 장기 연습하러 한족 학교에 갈 때도 따라 나선다. 든든하긴 했다.

　방학부터 진형 배치를 배우고 있었는데 쉽지는 않았다. 한족 코치는 알고 봤더니 국가 6단이란다. 나랑 마주 앉아서는 내가 어렵게 머리를 굴리며 코치의 움직이는 기물을 대응하는 동안 10수 안에 이내 차의 길을 열고, 포를 중앙에 배치하고, 졸을 전진시켜 압박하는 진형을 갖추었다.

　그리고 나면 코치는 이내 장기판을 허물고 자리를 떴다. 다른 선수를 또 가르쳐야 하니까. 그럼 난 혼자 앉아서 코치가 뒀던 수들을 다시 복기하며 어떻게 했는지 알아내야 했다. 그러다 보면 한 시간은 금방 갔다. 코치는 내가 금방 둔 수만 기억해 연습하는 것에 만족해하지 않았다. 그건 그냥 단순 기억이란다. 더 좋은 수는 없었는지 여러가지 다른 수들도 같이 생각을 해 내란다. 겨우 하나를 배워 내면 코치가 또 내 맞은편 자리에 턱 앉는다. 그리고 또 10수다. 내가 아무리 애써도 20수를 넘기시 않고 코치는 또 다른 기물 배치를 마술처럼 보여 주었다.

"장기는 말 하나의 힘으로 못 살아남아. 여러 기물이 서로를 지켜주는 연결망을 짜야 해."

일주일 정도 장기 연습실을 따라 다니던 경매는 장기가 아닌 그곳 애들 분위기에 더 관심이 많은 것 같았다. 연습을 끝내고 어둠이 깔린 길을 같이 걸으며 경매가 먼저 이런 말을 했다.

"한족 애들은 우리에게 관심이 없는 것 같아. 그렇다고 경계하거나 얕잡아보는 것도 없고……, 그냥 관심 자체가 없구나."

듣고 보니 그런 것 같기도 했다. 내가 연습실을 다닌 지도 벌써 몇 개월이 지났는데 확실히 아무도 날 신경 쓰지 않았다. 먼저 다가와 따뜻하게 말을 걸어 주는 아이도 없고 그렇다고 까칠하게 굴거나 불편하게 하는 애도 없다. 조선족 애들은 남 일에 얼마나 관심이 많았는지를 생각해 보면…… 아쉽기도 하지만 한편으로는 편했다.

"홍희야, 진짜 웃기지 않냐?"

"응? 뭐가 웃겨?"

"우린 우물가에서 맨날 한족 애들 좇아내려 그러고, 아무튼 한족 애들 엄청 신경 썼잖아. 근데 쟤네는 조선족 애들 별로 신경도 안 쓰네."

"조선족 동네에 사니까 그냥 가만히 있는 거겠지."

"아닐걸. 우린 치와와처럼 잔뜩 경계 태세로 짖고 있는데 쟤네는 덩치 큰 리트리버 같지 않냐? 애당초 위협을 느끼지 않는 듯."

하긴, 이 큰 땅덩어리에 한족이 그렇게나 많은데 쟤네가 무슨 위기감이라는 걸 느껴 보겠나 싶었다. 게다가 장기를 두는 애들은 확실히 애늙은이처럼 더 느긋하게 구는 면도 있는 것 같았다. 코치가 바쁠 때면 "홍씨한테 한 수 가르쳐 줘."라고 아무 남자애나 지목하면 걔는 느릿느릿 자기 걸상을 들고 내 장기판 앞에 앉았다.

내가 아무리 치와와처럼 달려들어도 대개 그 남자애들은 무표정하게 쉽게 내 공격을 쳐내면서 코치가 주문한 대로 말들을 그물처럼 깔아 놓았다. 확실히 한족 남자애들의 실력은 여자 선수들에 비해 월등히 높았다. 그리고 걔네는 자리에서 일어날 때도 할아버지처럼 느긋한 목소리로 내게 선심을 쓰듯 매번 같은 말을 반

복했다.

"웬만하면…… 몇 수만 둬 보면 상대가 무슨 배치를 하는지 보여. 상대방 진영은 방해하면서 내 것을 단단하게 만들어야 해."

그걸 누가 모르냐고. 머리로는 알겠는데 말 하나를 움직일 때마다 니네가 저격수처럼 내 의도와 시도를 정확히 맞혀 버리니까 못하는 것뿐이지. 몇 개월을 연습해 보니 알겠더라. 장기는 실전 감각, 전략 이런 것도 당연히 중요하겠지만 어마어마한 연습량이 훨씬 중요하다는 것을. 내가 어떤 묘기를 부려도 기존에 봐 왔던 수인 양 애들이 침착하게 대응하니까 한숨밖에 나오지 않았다. 너무…… 단단한 벽 같았다. 아무리 내 주먹으로 있는 힘껏 들이박아도 무너지지 않는다.

할아버지가 돌아가시기 전에 위란이와 다시 붙었었다. 내가 훈련 받은 지 석 달 만이었다. 본격적으로 코치한테 훈련받고 나서는 위란이가 두는 수들이 서서히 눈에 보였다. 나도 정형화된 수만 알고 있었지만 할아버지가 집에서 눌러 앉혀 놓고 열심히 응용과 변형까지 가르쳐 준 덕분이었다.

대결 때 위란이는 또 첫 대결 때처럼 포를 중앙으로 옮겼다. 그때서야 난 중국식 장기에서는 전형적인 첫 수라는 것을 알았다. 나는 이미 배운 몇 안 되는 진형법 안에서 비정형 공격과 혼란형

전술을 응용했다. 대련하는 동안, 연습실 아이들이 우리 장기판을 빙 둘러쌌다. 서로의 포석이 부딪치며 불과 세 달 전과 격이 다른 대결이 펼쳐졌다. 그 일이 있은 이후, 일 주일 만에 위란이는 장기를 그만두었다. 당황스럽긴 했지만 코치가 내 탓은 아니라고 담담하게 말했다.

"세 달 치 신입한테 지면 그 다음엔 어떤 선택을 해야 하는지 위란이 스스로 결단을 낸 거야."

이제 남은 상대 선수는 위닝과 리씬이었다. 위닝은 성 대표로까지 출전했던 데다 웬만한 남자애들을 상대로 이긴 이력이 많아 셋 중 둘만 룡정시 대표로 발탁되어야 한다면 난 리씬을 타킷으로 삼아야 했다. 리씬이 연습 대결을 할 때 옆에 가만히 서서 지켜보니 리씬은 행마 감각이 뛰어날 뿐더러 나보다 훨씬 많은 전형법도 알고 있고 변형에도 능한 강적이었다.

첫 수부터 확실하게 기선 제압을 하며 탄탄하게 기물들을 배치했다. 무엇보다 오랜 연습량으로 기본기가 탄탄하다. 말 두 개는 좌우 균형 있게 전개하고 포는 빠르게 각을 만든다. 졸은 언제나 너무 앞서지 않으며, 차는 후반까지 기다려서 기동성을 확보한다. 그걸 눈으로 확인하고 기가 죽어 집에 돌아왔던 날, 할아버지는 아무리 실력 있는 사람에게도 허점은 있기 마련이라며 몇 달을 같이 연습해 보자고 말씀하셨는데. 그런 할아버지가 이제 없다. 코치도 리씬을 이기긴 진짜 쉽지 않을 거라며 집에 돌아가면 복기를 해 보라고 귀에 못이 박히도록 말했다.

하지만 난 집에만 오면 밥을 먹자마자 숙제를 하고 드러누워 잤다. 엄마는 내가 장기를 두느라 늦게 집에 도착해도 절대 봐주지 않고 숙제를 꼭 하라며 눈을 부릅뜬다. 장기는 장기대로 배우면서 성적도 떨어지지 않는 게 얼마나 고되고 힘든 일인데. 예전엔 밤 10시가 넘어 내가 누워 자려고 하면 할아버지가 "홍희야, 30분만 복기를 해 보자."고 달래서 하고 잤는데 이젠 그렇게 날 잡아 줄 사람도 없다. 자포자기한 마음이 들었다. 그냥 리씬에게 져 버리고 장기도 접고 싶었다.

리씬과 룡정시 여자 대표선수 후보 자리를 두고 대결을 하던 날, 봉호 선생님은 아침부터 축 처진 내 어깨를 한번 툭 쳐 주더니 수업이 끝난 뒤에 응원해 주겠다며 기어코 따라나섰다. 경매도 슬쩍 끼어 따라왔다. 정식으로 장기 두는 걸 본적이 없어서 꼭 한 번 보고 싶다나.

그날따라 어쩐지 리씬도 힘없어 보였다. 긴 머리가 귀찮다며 남자아이들처럼 상고머리를 하고 항상 두 눈이 예리하게 반짝이던 리씬의 눈이 빛을 잃은 것 같았다. 난 당연히 질 줄 알았는데, 나보다 더 기운 빠져 있는 리씬의 모습에 순간 멈칫했다.

대결이 시작되고 우리 사이에 불꽃 튀는 수 싸움은 없었다. 리씬이 서둘러 내 말을 하나 잡자, 나도 그의 포 두 개를 빼앗았다. 우리 둘을 둘러싼 선수들은 시시해진 경기 대신 코치 눈치를 살피며 흘끔거렸다. 코치는 장기판이 아니라 우리 둘의 얼굴만 번갈아 바라봤다. 어쩌다 보니 내가 이겼다. 장기 실력보다는…… 그냥 덜 울적한 내가 이긴 거였다.

리씬은 자리를 뜰 생각을 않고 자리에 그대로 앉아 두 손으로 얼굴을 감싸 쥐었다. 나도 어리벙벙해서 멍하니 자리에 앉아 있었다. 무거운 침묵을 깬 건 코치였다.

"리씬이 이긴 걸로."

코치의 목소리는 건조했다. 화났는데 티를 안 내려고 참는 것 같아서 조금 무서웠다. 나도 별로 억울한 것도 없었는데…… 봉호 선생님이 화를 내며 갑자기 끼어들었다.

"어, 그건 아니죠. 어쨌든 홍희가 이겼는데요. 이럴 거면 왜 대결을 시킵니까. 앞으로 몇 달 훈련을 받다 보면 홍희도 더 잘할 수 있습니다."

"홍씨는 할아버지가 돌아가시고 몇 달 씩이나 방황을 했어요. 리씬은 요 며칠 상태가 저조한 거지만 홍씨는 준비가 되지 않은 겁니다. 아무리 아이들이라도 프로의 세계에선 몇 달을 대충 훈련하면 격차가 많이 벌어집니다."

"늦게 시작해서 원래부터 격차는 있었어요. 근데 그걸 뚫고 저만큼 실력을 쌓은 게 홍희입니다. 앞으로 몇 달 더 남았는데 어찌 알아요. 홍희가 더 잘할 수 있을지."

코치도 지지 않고 장기 전문용어들을 들먹이며 조근조근 실력 차이를 설명했는데 봉호 선생님은 그럴수록 얼굴까지 벌게지며 반발했다. 우리 봉호 선생님은 장기 전문용어 그런 건 모른다니까. 봉호 선생님이 조선족이 우습냐며, 성식으로 교육청에 이의 제기를 하겠다고까지 말하자 평소에 무섭도록 차분하던 코치 선생님도 당황했는지 난색을 지었지만 그렇다고 뜻을 굽히지 않았다. 그야말로 현실판 장기 대결 한판이었다. 나는 어쩔 바를 몰라 둘을 물끄러미 쳐다보았다. 어느 편에 서야 할지 헛갈렸다. 어른들 싸움은…… 늘 어려운 것 같다.

눈을 어디에 둘지 몰라 우왕좌왕하다가 마주 앉은 리씬과 얼결에 눈동자가 마주쳤다.

"너 오늘 왜 그렇게 됐니?"

"집에서 이제 그만두래. 곧 중3이니 공부에 집중하래. 여자는……, 장기를 둬도 희망이 없대."

리씬이 울 것처럼 눈 주위가 빨개졌다. 리씬처럼 타고난 감각에 노력까지 하는 애가 희망이 없다니. 나는 절레절레 머리를 저었다. 그건 말도 안 되는 거였다. 그리고…… 잘은 몰라도 부모는 그렇게 말하면 안 되지 않나. 할아버지 같았으면 바로 호통쳤을텐데. 어떤 식으로도 아이의 꿈은 짓밟는 게 아니라고 그러셨을 텐데.

"우리 할아버지는 그렇게 가르치지 않았어. 지든 이기든 끝까지 싸워 보는 경험이 중요하다고 하셨어."

리씬은 내 말에 눈물을 툭, 떨궜다. 평소엔 독한 애였는데 이럴 때 보면 나랑 다를 바 없는 그냥 여자애로 보인다.

"근데…… 넌 왜 오늘 그렇게 됐어? 평소의 훙씨답지 않게……."

이번엔 리씬이 울먹이며 되묻는다. 그 와중에 그게 궁금했나 보다.

"그렇게 말해 준 할아버지가 얼마 전에 돌아가셨어."

"아."

"그만두더라도 자치주 대표까지는 도전해 보렴."

리씬은 더 말을 잇지 못하고 눈물을 닦았다. 나는 자리에서 일어서서 침착한 코치에게 쌈닭처럼 달려드는 봉호 선생님의 팔을 잡아 끌어 구석에 데리고 갔다.

"선생님, 리씬이가 저보다 아직까지는 몇 수 위인 거 맞아요."

"그게 뭔 상관이야. 어쨌든 너한테 지는 걸 오늘 똑똑히 봤는데. 현장 발휘를 잘하는 것도 실력인 법이야."

"그렇긴 한데…… 저 사실 할아버지가 돌아가시고 열심히 연습하지 못했어요. 이대로라면 대표로 나가도 잘 못 싸워요. 코치는

다 알고 그러는 거에요. 전 마음을 다잡고 내년에 다시 도전해 볼게요. 죄송합니다."

리씬 앞에서는 참고 참았던 울음이 왈칵 터졌다. 봉호 선생님은 "어, 어?" 하며 당황 하더니 양복 옷 소매로 슥슥, 대충 내 눈물과 콧물을 닦아 냈다. 겨우 달래서 눈물을 멈추고 보니 저쪽에서도 리씬이 계속 울고 있었다. 코치도 달래느라 진땀을 빼고 있었다. 코치는 봉호 선생님처럼 내 편이라는 확신은 없었지만 그렇다고 한족 여자 선수들을 더 챙긴다거나, 한쪽으로 마음이 기울게 행동한 기억은 없었다. 오히려 공정하게 대하려고 애쓴 게 평소에 느껴졌다. 잘 말씀드렸더니 머쓱해하던 봉호 선생님은 코치를 불러 뭐라 몇 마디 주고 받았다. 그리고 다시 내게 다가와서 말했다.

"이번엔 저 한족 선수를 대표로 내보내는데 동의했다. 대신 너도 후보들 정예 훈련에 끼워 주는 조건으로. 저 한족 선수가 지원을 더 많이 받고 성급에 가서 단련까지 받으면 내년 경기가 너에게 더 불리해질지도 모르니까. 내년엔 1학년 선수들까지 치고 올라올 거다."

내가 대답이 없자 봉호 선생님은 잠시 어두운 표정으로 창 밖을 바라보더니 내 눈을 뚫어지게 쳐다보며 뒷말을 이었다.

"홍희 넌 할아버지 없이 어디까지 가능한지 너에 대해 궁금하지 않니? 선생님은 궁금하거든. 이제부터는 정신력 싸움이야. 너와의 싸움."

정신력이라는 말에 조금 정신이 들었다. 그건 할아버지가 돌아가실 때 내게 해 주셨던 말씀과 비슷해 보였다. 정신줄을 놓으면 공기가 다 빠진 후줄근한 공처럼 된다고 하셨던 것 같다. 정신력이 짱짱한 사람은 바닥에 냅다 꽂아도 확 튀어오르는 공 같은 거고.

그날 저녁, 봉호 선생님이 나와 경매에게 저녁밥으로 양꼬치를 사 주었다. 장기 교실에서는 말없이 그저 관객처럼 구경만 하던 경매의 눈도 벌겋게 부어 있었다. 내 걱정 많이 했나 보다. 봉호 선생님 앞이라 그런지 예전처럼 수다스럽지도 않고 야무지게 잘만 먹었다. 나는 여전히 마음이 심란해서 손이 잘 가지 않는데 경매는 다 구운 양꼬치를 호호 불어서는 자꾸 내 입에 넣어 주었다. 꼬들꼬들한 소 힘줄에, 소간을 썰어 꽂은 꼬치에, 경매는 꼬치들을 종류 별로 이것저것 잘 시켜 먹었다.

"앞으로 1년? 까짓거 더 열심히 하면 되지 뭐. 난 엄마를 벌써 4년이나 못 봤는데 뭐."

경매 말에 봉호 선생님이 괜히 빈 맥주잔을 들었다 내려놓았다. 나도 할 말이 없어서 그냥 양고기만 씹었다. 전에 경매가 엄마 얘기하면서 비자 때문에 못 온다고 했던 게 기억에 스쳤다. 숯불 위에서 양고기가 자글자글 기름지게 잘 구워지고 있었다.

씹으면 육즙도 좌르르 흘렀는데 어쩐지 그날 먹은 양꼬치 맛이…… 기억나질 않는다. 봉호 선생님도, 코치도 어른들 말은 다 맞는 것 같다. 근데 내가 잘할 수 있을지 모르겠다. 괜히 내가 다 망쳐 버릴까 봐 겁이 났다.

졸업식

다시 장기 연습을 시작했다. 게으름을 키우고 싶을 때는 할아버지 골방에 앉아서 혼자 연습했다. 엄마는 이제 할아버지 방을 정리하고 내 공부방으로 만들어 주겠다고 꼬드겼지만 난 넘어가지 않았다. 골방 안 가득한 책들이 자꾸 신경이 쓰였다. 두껍기도 하고 한자가 섞인 옛날 책도 많아서 뭐가 뭔지 모르겠다. 골방을 정리하면 엄마는 책을 헐값에 팔아 버리려고 할 것이다. 난 그게 싫었다. 뭔지 모르겠지만 일단 책은 그대로 둬야 할 것 같았다. 할아버지가 보고 싶을 때는 지구본을 한 번씩 힘차게 돌렸다.

그리고 아빠도 드디어 지켜 냈다. 집과 엄마를. 평소엔 엄마에게 꼼짝 못하던 아빠가 이 집을 파는 대신 돈을 더 들여 개축하자며 팔 소매를 걷고 나섰다. 복층으로 개조해서 공간도 늘리고 집 안에 양식 화장실도 따로 만들겠단다. 엄마에겐 올해 안에 신식 세탁기도 사 주겠다고 큰소리친다. 이게 다 할아버지가 남겨 둔 돈이 있어서 그러는 거지 뭐. 그리곤 "아무래도 당신 혼자 남쪽에 보내 고생시키고 싶지 않아. 당신 없인 못살아!"라고 냅다 고백을 해 버렸다.

맨 정신에, 그것도 내 앞에서. 우웩.

엄마는 저 밀들을 믿어야 하나 말아야 하나 싶은 의심을 얼굴에 그대로 드러냈지만 그래도 지켜보자는 요량인 것 같았다. 아버지는 곧장 진짜 건축장이를 불렀다. 건축장이 말로는 손이 크게 가는 공정이라 몇 개월은 걸리고 집에 짐도 당분간 다 빼야 한단다. 짐을 다 빼라니, 그럼 할아버지 방 책들도 몽땅 내놔야 한단 말인가. 가슴이 덜컥 내려앉았다.

3학년이 되니 어쩐지 머리가 더 지끈거린다. 공부는 더 어려워지고 장기 연습도 혼자 하는 게 만만치 않고 할아버지 책은 어찌해야 할지 그것도 궁리해야 한다. 장기 대표 정예 훈련반에 들어가니 하루가 멀다 하고 예비 대결이다. 남자애들과도 대결하고 치고 올라오는 아래 학년 애들에 가끔은 다른 도시 아이들까지 올라와서 한판 붙는다. 수없이 이기고 진다. 코치는 그때마다 꼼꼼히 적은 기록을 들여다보며 앉혀 놓고 정신이 쏙 빠지게 복기를 시킨다. 난 여전히 불안하고 두려운 마음으로 애써 버티고 있었다. 힘들 때마다 할아버지 생각이 불쑥불쑥 났다.

경매는 내 매니저로 자처한 이후로 자주 내 기분을 살폈다. 어느 날은 우물가에 잠시 바람 쐬러 가서는 짐짓 어른 같은 말투로 내게 물었다.

"홍희야, 우물 안 물을 다 퍼내면 어떻게 되는지 알아?"

"말라붙겠지."

"아니야. 우리 할머니가 그러는데 원래 우물은 그렇지 않았대. 다 퍼내면 또 고이고, 계속 물이 고인대."

"근데 왜 이 우물은 말라 버렸어?"

"몰라. 사람들이 각자 흩어지면서 수돗물도 마시고 강물도 퍼 쓰면서 잊혀져서 그런 거 아닐까?"

나는 말없이 우물 안을 들여다보았다. 그럴 수도 있겠네. 잊혀져서, 아무도 쓰지 않아서……

"홍희야, 넌 할아버지 잊지 않을 거지?"

"당연하지. 난 어른이 돼도 할아버지가 했던 말들을 다 곱씹고 기억하며 살 거야."

"그럼 할아버지가 없는 자리에 새 힘도 생기고 좋은 사람들도 계속 붙을 거야. 잊혀지지 않는 자리에는 새로운 것들이 흘러 들어올 수밖에 없는 거잖아, 우물처럼."

그날따라 경매는 빛났다. 무슨 만화 속 당찬 주인공 같았다. 그러곤 가방에서 주섬주섬 무언가를 꺼냈다. 시디인 줄 알았는데 작은 장기였다.

"이거, 문방구에 있길래 사 왔어. 작긴 한데 갖고 다니면서 그 뭐더라, 복수하기 좋을 거 같아서."

"복수…? 복기 말하는 거야?"

"아아, 맞아. 복기! 미안. 내가 요즘 한국 드라마를 많이 봐서."

경매가 우물 옆 장의자에 종이처럼 펄럭이는 장기판을 펼쳤다. 찢어질까 봐 투명 반창고가 앞뒤로 꼼꼼하게 붙어 있었다. 딱 봐도 경매 솜씨였다.

"오늘부터 내가 너 복기하는 거 도와줄게."

"넌 장기를 모르잖아."

여전히 뿌루퉁해서 말하자 경매가 머리를 갸웃하더니 말했다.

"그래도 혼자 하면 심심하잖아. 그냥 네가 놓으라는 자리에 말을 움직여 줄게."

나는 얼굴이 뜨거워져서 경매 앞에서 머리를 들 수가 없었다. "고마워, 친구야."라고 말하고 싶은데 쉽사리 입이 떨어지지 않아서 괜히 말만 탁탁 차려 놓았다. 경매도 말없이 눈여겨보며 따라 했다. 내 마음이 바닥에 가라앉아 꼼짝 않는데 경매가 안간힘을 다해 목덜미를 잡고 끌어올리는 것 같았다.

순간, 장기판이 흐릿하게 보였다.

"야, 울어? 왜 또 울어. 아 박홍희, 눈물 닦아 얼른! 너 울면 나도 또 운다?"

경매가 휴지를 꺼내 내밀었다.

"누가 운다 그래!"

나는 코부터 킁, 소리 나게 풀었다.

"아, 더러워!"

경매가 머리를 절레절레 젓자 웃음이 터졌다. 눈물이 쏙 들어가고 뿌옇던 장기판이 다시 선명하게 보였다. 정말 내 마음 안에 우물이 있었던 걸까. 거기에 금방 깨끗한 물이 살짝 차오른 것 같다.

할아버지가 없는 빈 자리를 성실한 연습으로 채웠다. 이건 경매가 내게 알려 준 거였다. 그리움은 기물 배치를 연습하며 달랬다. 엄마 아빠가 미심쩍은 소릴 할 때면 할아버지가 생전에 해 주셨던 말씀들을 떠올렸다. 그래도 헷갈릴 때는 봉호 선생님에게 여쭤 봤다. 봉호 선생님은 여느 어른들처럼 다 아는 척을 하거나 가르치려 들지 않았다.

"그건 나도 모르겠어. 이건 홍희 스스로 답을 찾아야 할 텐데."

가끔 난 그 대답이 맹랑하게 들려서 "선생님은 어른인데 왜 모르는 게 그렇게 많아요?" 하고 삐딱하게 물었다.

"야, 어른도 모르는 게 많아. 처음인 것도 많고. 그러니까 홍희도 슬슬 감각을 가져야 해."

"무슨 감각이요?"

"어른도 다 믿을 게 못되는구나를 알고 홍희 스스로 깨닫고 배워야 하는 거랑, 그럼에도 어른에게 도움을 청해야 하는 거랑."

"우와, 그거 진짜 어렵겠는데요?"

"응, 나도 여전히 어려워."

이 무슨 맹랑한 대답이신지. 찾아가 도움을 구할 땐 팽하는 것 같고, 근데 또 뜻하지 않게 요청하지 않는 도움을 주기도 한다. 하여튼 봉호선생님은 이상하다. 아니, 신기하다고 하는게 맞는 것 같다.

복도에서 딱 마주치면 봉호 선생님은 괜히 나에게 눈을 부릅떴다.

"요즘도 장기 훈련 열심히 하니?"

"그럼요."

"내가 1년 뒤에 우리 학교 정문에 우리 자치주 대표 박홍희 선수의 축하 현수막이 걸릴 거라고 선생님들께 장담했거든. 나 망신시키지 마라."

"네……."

그래도 시름이 놓이지 않는지 그 다음 번 복도에서 마주치자 또 말을 건다.

"야, 박홍희. 아무래도 안되겠다. 점심때 밥 후딱 먹고 선생님 사무실로 뛰어와. 장기 두게."

"아, 제가 다 이겼잖아요. 무슨 장기를 또 둬요."

"넌 차랑 말 빼고 둬야지. 선생님들 상대로 수를 계속 연습해. 최대한 많은 수를 둬 봐야지."

그냥 날 장기 두는 로봇으로 만들고 싶어서 안달이 난 것 같다. 아, 이래서 애들이 복도에서 봉호 선생님만 보면 슬금슬금 도망간 거였구나. 물론 봉호 선생님은 뒤통수에 대고 큰소리로 이름을 부르며 끝내는 잡겠지만.

봉호 선생님 덕분에 점심 시간에도 30분 가량을 꼼짝 못 하고 장기 연습을 하게 생겼다. 학교에서 장기를 잘 둔다는 선생님 세 분과 마주앉아 다판을 동시 진행했다. 선생님들의 수가 치밀하지는 않지만 이들을 상대로 여러가지 훈련을 해 볼 수 있다. 정교한 수읽기 훈련은 장기 교실에서 한족 남자애들을 상대로 하고, 여기서는 예상치 못한 곳에서 치고 들어오는 수를 읽고 끈질긴 수비를 뚫는 법도 배워 갔다. 세 선생님도 내가 눈을 부릅뜨고 진지하게 대결에 임하는 모습에 만족하시는 것 같았다. 그럼에서도 염려되듯 슬쩍 물었다.

"조선족 장기를 자꾸 둬서는… 한족식 장기를 이길 수 있겠니?"

"그럼요! 선생님! 우리 장기는 공격이 훨씬 거칠어요. 특히 포다리 전술을 잘 배워서 끈질긴 수비를 뚫는 법만 익히면요, 한족 애들은 제 포가 어디서 날아오는지 못 볼걸요."

씩씩한 내 대답에 세 선생님은 기분이 좋은 듯 서로 얼굴을 마주보며 허허, 웃음을 터뜨리셨다.

그렇게 1년의 시간을 보내고 리씬과 다시 룡정시 대표 자리를 두고 마주 앉은 날, 교무주임과 정치 사무실 선생님들, 그리고 경매와 봉호 선생님까지 위풍당당하게 내 뒤에 딱 버티고 서 있었다. 놀랍게도 리씬 쪽에서도 교무주임과 담임까지 모두 출동했다는 사실. 다들 웃으며 악수도 나누고 훈훈한 척했지만 마치 머릿수가 많은 쪽이 이기기라도 할 것처럼 장기판이 놓이자마자 양쪽으로 쫙 갈라섰다. 이젠 그러려니 적응해야 한다. 압박을 잘 다루는 것조차 프로의 역량이라고 하니. 리씬은 스윽 보더니 장기판에 앉았다. 전혀 압박감을 느끼지 않는 것 같았다.

"나 오늘 쫭타이* 완전 좋아. 넌 어때?"

리씬이 먼저 농담처럼 툭, 던진 말이었다. 계집애, 엄청 여유 있는 척하는 것 좀 봐.

"나도 쫭타이 죽여줘. 이젠 서로 봐줄 일 없겠네."

                    *컨디션

1년 사이에 리씬은 또 강해졌다. 쉽지 않은 경기가 될 게 뻔했지만 나도 호락호락하지는 않을 것이다.

리씬과의 대결은 길고 조용했다. 공기마저 납작해진 느낌이었다. 나는 시작부터 수 싸움을 걸었다. 리씬은 그가 가장 잘하는 수를 둘 것이고, 나는 조선족 장기에서 훈련 받은 나만의 강점을 접목할 것이다.

30수쯤 지났을 때 내가 밀리고 있다는 걸 직감했지만 그건 기세가 쌓이는 경기였다. 나는 느긋하게 버티는 방법을 선택했다. 상대의 졸을 일부러 놓아 두었고 내 포는 각을 만들기까지 다섯 수를 참았다.

40수, 50수.

서로의 포진이 꼬이고 흐트러지며 리씬이 마를 잘못 움직였을 때 나는 망설이지 않았다. 정확히 3수 뒤 84수에서 리씬의 차가 고립되었고 그때부터 기세는 확실하게 내 쪽으로 기울었다. 나는 끝내 간발의 차이로 경기를 마무리했다. 여태 두었던 대결 중에 가장 치열하고 버거운 싸움이었다.

리씬은 경기 중 두 번의 실수를 했다. 나는 그때마다 기회를 놓치지 않았다. 리씬보다 더 화려한 수를 두지는 못했을지언정 끝까지 침착하게, 실수를 지워 나간 것이 나의 진짜 승부였다.

리씬은 말없이 자리에서 일어났다. 이겼는데 복잡한 기분이 들었다. 내 안에서 기쁨과 불안이 요동치고 있었다.

"너. 이제 장기 그만둬?"

리씬에게 먼저 물었다. 최대한 감정 섞지 않고 무심한 척 툭.

"뭔 소리야. 고중[*] 가서 우린 또 붙어야지."

그 아이는 기분을 알 수 없게 무표정으로 짧게 대답했다. 내심 반가웠다. 우린 서로 죽어라 싸워야 하니까, 어느 한쪽이 그만두면 아쉽고 섭섭하지.

돌아서 가던 리씬이 다시 머리를 돌려 덧붙였다.

"심양 애들, 조심해. 걔넨 여섯 살때부터 장기를 뒀대. 걍 장기 로봇임. 성급 대회는 그냥 지러 가는 거지."

난 그 말에 얼어붙을 것 같았다. 그렇지만 손을 툭, 툭 털었다. 못 들은 걸로. 예상하지 않은 바는 아니었지만 미리 쫄지 않기로 했다. 할아버지가 늘 말했잖아. 싸울 땐 정신 똑바로 차리고, 지더라도 쉽게 지지 않겠다는 마음으로 끝까지 버티라고. 그럼 져도 이기는 거라고.

코치가 한어로 "올해의 자치주 청소년 장기 대회 여학생 부분 룡정시 출전 대표는 위닝과 퍄오 훙씨입니다."라고 정식으로 선포했을 때, 그제야 꾹꾹 누르고 참아 왔던 복잡한 감정이 한꺼번에 올라왔다. 아무도 박수를 치지는 않았다. 코치가 먼저 리씬과 나의 어깨를 한 번씩 두드리고 자리를 떴다. 봉호 선생님은 장기 교

     *고등학교

실을 나온 다음에야 낮은 목소리로 내게 축하를 건넸다.

"고생 많았다, 홍희야."

봉호 선생님의 목소리가 떨리고 있었다. 교무주임마저 그날따라 말을 아꼈다. 다들 상기된 표정이긴 한데 그만큼 분위기가 숙연해서 나는 이유를 알 수 없었다.

주말을 보내고 월요일 아침, 봉호 선생님은 또 신났다. 아침 조회 때 부스스한 사자 머리에 뭘 발랐는지 윤기가 촤르르 흐르게 넘기고는 굳이 날 세워 두었다. 아이들 앞에서 전원 박수를 받는 순간, 모두가 나를 연예인처럼 쳐다보았다. 봉호 선생님은 내가 자치주 대표로 나간다며 마치 몇십 대 일의 경쟁률을 뚫은 것처럼 호들갑을 떨었다.

하지만 내가 꺾은 건 고작 셋이었다. 어떤 시는 여자 선수가 없어 기권이었고, 다른 도시 두 아이와의 주말 대결도 어렵지 않게 이겼다. 사실 자치주 내 한족 청소년 장기에서는 룡정 여자선수들이 훨씬 강했다. 그제야 코치의 실력이 얼마나 대단한지 실감했다. 왜 리씬만 꺾으면 대표가 될 수 있다고 했는지 그제야 알았다.

모교 교문 위에는 이내 "축 박홍희, 성급청소년장기대회 자치주 대표로 선발"이라는 현수막이 위풍당당하게 걸렸다. 민족방송국에서는 내 인터뷰가 나갔다. 조선족 여학생으로 자치주를 대표하게 된 소감을 말한 뒤, 기자는 성 대표가 될 자신이 있냐고 물었다. 나는 조금도 망설이지 않고 대답했다. 현실적으로 가능성은 낮다고. 조선족 여학생이 한족 선수들 사이에 끼어 길림성 대표 선발전에 출전했다는 사실 자체에 더 큰 의미를 두고 싶다고. 성급에는 훨씬 어린 나이부터 입문해 경험을 쌓은 선수들이 많아서 승기를 잡기가 쉽지 않을 것이라고 코치는 이미 알려 주었다. 설령 성 대표가 된다 한들 그 다음에는 전국구 34개 성급 행정구역의 각 대표들과 또 붙어야 한다나. 땅이 넓은 만큼 날고 뛰는 선수들도 많았다.

내 대답에 기자는 어른스럽고 겸손하다며 웃더니 며칠 뒤 방송에서는 그 부분이 말끔히 잘려 있었다. 대신 화면 속 나는, 열네 살이라는 늦은 나이에 장기를 배우기 시작했으나 단 2년 만에 자치주 대표로 선발된 유망주로 소개됐다. 할아버지의 권유로 장기를 접했고, 담임의 조언을 따라 한족 학교에 직접 찾아가 실력을 갈고 닦았다는 내력은 과장된 포장처럼 흘러나왔다. 마지막엔 기자의 기대에 찬 멘트가 덧붙었다.

"이 기세라면 쟁쟁한 한족 선수들 사이에서 전국 대표가 되는 날도 머지 않았습니다."

그 즈음에서야 비로소 나는 스스로에게 물을 수밖에 없었다. 내가 정말 장기 기사가 되고 싶어서 여기까지 왔던 걸까. 어디쯤에서

멈춰야 할지 몰라 처음으로 주춤하는 마음이 들었다. 그래도 당장
은 또 빡센 훈련을 받고 출전해서 죽을 힘을 다해 싸워야 했다. 고
삐 없이 질주하는 말에 올라탄 기분이었다.

　쭝카오[*]를 앞두고 졸업식이 있었다. 그날 봉호 선생님은 번쩍이
는 검정 구두를 신고 앞머리도 뒤로 넘겨 한껏 멋을 냈다. 처음 보
는 낯선 모습이었다. 선생님들이 한 분씩 앞으로 나와 준비한 원고
를 읽을 때마다 아래 앉은 반 아이들은 다른 반이 들으라는 듯 와
아~ 크게 환호성을 질렀다.
　봉호 선생님 차례가 슬슬 다가오자 반장이 긴장한 목소리로 말
했다.
　"다들 준비됐지?"
　슬슬 시동을 거는 말투였다.
　"아, 목에 가래 낀 것 같아."
　"그딴 소리 하지 마라. 너 원래 고음 불가였어."
　"아씨, 목청 좀 아껴. 곧 우리 차례야."
　아이들 사이에 간간이 웃음이 흘러나왔지만 묘한 긴장감도 맴
돌았다. 이게 뭐라고.
　성적은 끝까지 꼴찌 반이지만 이 함성 하나로 마음 편히 졸업할
수 있을 것 같았다.

드디어 봉호 선생님이 강단에 오르자 반장의 신호에 맞춰 아이들은 동시에 소리를 질렀다.

"꺄아아악!"

"외아악!"

큰일났다.

연습을 안 해서 그런가, 환호를 비명으로 잘못 알고 있는지 고라니 소리, 돼지 멱 따는 소리까지 난무했다.

학년 전체가 와그르르 웃었다.

봉호 선생님은 웃음을 참는 듯 고개를 돌리고 헛기침을 하더니 마이크에 대고 말했다.

"전 고라니를 키운 적이 없습니다. 저기엔 사랑스러운 제 제자들이 앉아 있습니다. 한 아이는 석 달 전 장춘으로 전학 갔고, 다른 한 아이는 병원에서 투병 중이라 현재 재적은 마흔여덟 명이지만, 제 마음속에는 여전히 오십 명입니다. 심적으로 많이 힘들던 시기, 첫 담임을 맡고 오십 명의 첫사랑이 제 마음에 들어왔습니다."

오, 우리 봉호 선생님… 잘한다!

시작부터 눈굽을 찍는 여자아이들도 있었다.

"한 아이는 몰래 엄마의 병간호를 하면서도 좋은 성적을 놓치지 않았고, 또 어떤 아이는 속상한 일은 일기에만 적고 타인에게는 예쁜 말만 하려고 노력했습니다. 운동 대회 때 약속을 지키기 위해 감기 기운을 무릅쓰고 뛴 아이도 있었습니다. 그리고, 늦은 시작을 했지만 뛰어난 두뇌와 성실함으로 장기 프로 세계에 진입한 자랑스러운 아이도 제가 가르쳤습니다."

봉호 선생님은 다른 반 아이들이 발표가 길다며 야유를 보내도 굴하지 않고 아이들을 하나하나 모두 호명했다.

"제가 아이들에게 가장 미안하고 가슴 아픈 건, 이 아이들이 고등학교나 대학을 졸업한 이후에도 고향으로 돌아오지 못한다는 사실입니다. 우리 세대처럼 중국의 대도시나 한국, 일본, 러시아 같은 타국에 이방인으로 가서 불리한 출발선, 차가운 시선 속에 머물러야 한다는 사실이요. 따뜻했던 고향이 어른이 된 아이들을 모두 품어 주지 못한다는 것이 늘 안타깝습니다. 그래서 저는 아이들에게, 하루라도 더, 한 번이라도 더 따뜻한 말을 해 주고 싶었습니다."

여기서 봉호 선생님은 잠시 울컥하는 듯 말을 멈추고 헛기침을 했다. 그러곤 우리 쪽을 바라보며 마이크에 대고 큰 소리로 말했다.

"얘들아, 이제 3년 남았다. 너희들은 곧 지금보다 더 낯선 곳으로 비행을 떠나야 한다. 더 많이 응원 받고, 더 잘 준비되어서, 어디서든 단단히 착륙해 주렴."

장내는 잠시 숙연해졌다. 봉호 선생님이 인사를 하고 강단에서 내려올 때에야 장내 모든 아이들이 박수를 쳤다.

이어 단상에 오른 4반 선생님은, 어릴 적부터 3개 국어를 배운 조선족 아이들은 세계 어디서든, 중국 안에서도 별처럼 빛날 거라며 낙관적인 말을 이었지만, 이미 아이들은 봉호 선생님의 말을 마음속으로 꼭꼭 씹어 삼키고 있는 듯 조용히 침묵하고 있었다. 우리 봉호 선생님, 좀 멋진 듯.

졸업식이 끝나고 경매는 마치 행사를 치르듯이 "오늘 같은 날엔 우물가에 가 봐야 하지 않을까?"라고 말했다. 겨울엔 추워서 못 가고, 평일엔 장기 연습 때문에, 이래저래 중학교 3학년에 올라간 이후부터 자주 가지 못했다. 경매는 나보단 자주 갔었다며 내 말을 정정했다. 변성기가 왔는지 굵은 목소리의 왕두가 저녁 시간에 맞춰 우물가에 등장하자 아이들이 반갑다는 듯 "어이, 왕두!" 하며 먼저 인사를 건넸다. 이쯤 되면 이 우물가의 명물은 왕두와 그의 빠오즈가 아니냐고 누군가가 가볍게 농담했다.

그날따라 우물가를 둘러싼 아이들이 많은 듯하여 살펴보니 1학년때부터 자주 봐 왔던 익숙한 얼굴들이었다. 예전만큼 큰 웃음들을 주고 받지는 않았다. 간혹 어색한 침묵이 흘렀지만 아이들은 괜히 왕두에게 장난을 걸고 빠오즈를 먹으며 싫지 않은 그 시간을 의미 있게 채워 가고 있었다. 철룡이가 뒤늦게 등장했을 때는 다른 반 아이들도 "어우, 우리 히어로 철룡이!" 하면서 반갑게 맞았다.

나도 뒤늦게 들은 소식이 있었다. 저번 달, 우물가에 불량배 같은 한족 아이 둘이 접근해 와서는 "백 번 죽었다 깨나도 나라 주석도 못 되는 것들이 텃세는!" 이라며 모욕감을 주었는데 철룡이가 이들을 물리쳤다나.

철룡이의 손에는 카메라가 들려 있었다.

"졸업식 날인데 우물가에서도 기념 촬영을 해야지."

아이들은 일리가 있다고 생각했던지 저들끼리 우물가 앞에 서서 사진을 찍었다. 철룡이가 나와 경매에게도 한 장 찍어 주겠다고 해서 우리는 쑥스러움을 무릅쓰고 렌즈 앞에서 어깨동무를 하고 손가락으로 브이 모양을 만들었다.

경매는 다시 벤치에 앉으며 내 귀에 대고 소곤거렸다.

"끝나고 피시방 갈래? 인터넷으로 화투 칠 수 있어! 남쪽에선 '맞고'라 그러더라. 남쪽 오빠들이랑 놀 수 있어."

난 이게 또 무슨 소리인가 싶어 어리둥절해졌다. 화투를 어떻게 얼굴을 보지 않고 칠 수 있을까.

"좀 있다 같이 가자. 내가 가르쳐 줄게. 보면 알아."

"혹시…… 북쪽 오빠들도 가능? 양쪽 다 가능?"

내가 농담 반, 진담 반으로 묻자 경매는 킥킥 숨죽여 웃었다.

"그쪽은 아직 인터넷이 좀 어려울걸."

그 사이 아이들이 둘, 셋씩 기념촬영을 마치자 이번엔 눈치 빠른

왕두가 팔을 걷고 나섰다.

"니네 다 같이 찍어. 내가 찍어 줄게! 오늘은 마침 날씨도 좋네."

"장사꾼 말은 믿을 게 못돼. 5월은 원래 날씨가 좋아!"

누군가 예리한 농담을 하자 아이들은 합창하듯 웃었다. 얼굴이 벌게진 건 왕두뿐이었다.

"그동안 팔아 먹은 빠오즈가 얼만데…… 사진 찍어 주는 건 공짜다."

왕두도 그동안 많이 능글맞아졌는지 당당하게 한어로 받아쳤다. 아이들은 또 기분 좋게 웃어넘겼다.

왕두가 "하나, 둘~"하면서 카메라 셔터를 누르려는 순간, 내 뒤에 서 있던 한 남자아이가 작정한 듯 천천히 조선말로 왕두에게 물었다.

"어이, 왕두! 너도 나라 주석이 될 수 있어?"

난 일순간 놀래서 몸이 굳어 버릴 것 같았다. 저번 달, 저 아이도 우물가에 있었나 보다. 나는 어쩐지 그 질문이 뜬금없어 보이면서도 싫지 않았다.

사진을 찍으려던 아이들 모두가 일시에 침묵했다. 아이들은 이 당황스러운 분위기를 왕두에게 맡긴 듯 왕두만 쳐다봤다.

나란히 서 있는 아이들 정면에 왕두 혼자, 카메라를 들고 서 있었다. 왕두는 당황하지 않고 정면으로 질문한 그 아이를 쳐다보더니 한어로 침착하게 대답했다.

"우리 집은 3대째 빠오즈를 만들었어. 내 꿈은 이 룽정에서 빠오즈를 제일 잘 만드는 거야. 난 내가 만든 거로 누가 배부르면 그게 제일 좋아. 나라 주석? 멋지긴 하지만 나랑 뭔 상관이야."

왕두의 말을 듣고 있는데, 뭐라 대답해야 할지 떠오르지 않았다. 박수를 치거나 환호할 만한 순간도 아니었고, 그렇다고 웃고 넘기기엔 결코 가볍지 않았다.

조금 부러웠다. 저렇게 단순하게 말할 수 있다니.

나도 그렇게 단순해졌으면 좋겠다고 생각했지만 그건 어쩐지 나와는 거리가 먼 일이었다.

아이들은 더 말을 못 하고 조용해졌다. 바보 같은 놈들, 난 속으로 궁시렁거렸다. 왕두는 왕두고, 우린 우리지.

이 중에 또 누군가는 왕두의 말에 넘어가 감정이입을 하고 우물가에서의 과거 일을 쉽게 잊겠지.

왕두처럼 다른 민족들 틈에 끼어 낮엔 학교에 가고 저녁엔 한두 시간씩 몇 년째 빠오즈를 파는 애들이 어디 흔한 줄 아나. 그러니까 저건 왕두만 할 수 있는 말이지.

오랜 침묵 끝에 카메라 절반으로 얼굴을 가린 왕두가 서툰 조선말 발음으로 다시 외쳤다.

"하나, 둘!"

셔터가 눌러졌다. 나는 입꼬리를 올려 살짝 웃었다.

우리는 자라서 어떻게든 어른이 되겠지. 근데 진짜 내가 되고 싶은 어른이 될 수 있을까. 그건 어떻게 되는 걸까. 잘은 모르겠지만 장기를 배우던 때처럼 복잡한 사회를 차근차근 들여다보고, 졌을 때 잘 복기해 보고, 할아버지 말처럼 지고 이기는 것에 개의치 않으면 되는 걸까. 그럼 나도 모르게 괜찮은 어른이 되어 있을지도 모르지. 나는 콕 짚어 그럴듯한 직업을 갖는 것보다 그냥 괜찮은 어른으로 컸으면 좋겠다고, 그날 처음으로 막연하게 생각했다. 내가 생각할 수 있는 건 거기까지였다. 그렇지만 그것만으로도 왕두를 마주 보는데 전혀 꿀리지 않았다. 진짜 졸업이었다.

보너스 챕터: 작은 책방

집을 개축하는 동안은 월셋집에 살기로 했다. 떠난 사람들이 임시로 내놓은 빈 집들이 꽤 있어 집 근처에서 임시 거처를 찾는 건 크게 어렵지 않았다. 엄마가 이삿짐을 싼다는 건 곧 할아버지의 골방을 허물어야 할 때가 왔다는 걸 의미했다.

나는 며칠을 고민하다가 복도에서 마주친 봉호 선생님 앞을 가로막았다. 예전엔 봉호 선생님이 복도에서 먼저 말을 걸었는데 이젠 아니다. 내가 질문이 더 많아져서 먼저 말을 건다. 봉호 선생님이 날 슬슬 피할 지경이다. 아주 웃기는 선생님이다.

"선생님! 혹시 옛날 책들 있잖아요, 역사책 같은 거, 우리 민족 책들 말이에요. 필요하지 않으세요? 아님 어딘가에 귀하게 보관하거나 받아 줄 데 없을까요?"

"아, 혹시 할아버지가 남긴 책들 때문에 그래?"

역시 봉호 선생님은 눈치가 빠르다. 몇 초간 눈을 껌뻑껌뻑하더니 좋은 정보를 줬다. 우리 학교 뒷문에서 조금만 걸어가면 민족 책만 취급하는 작은 책방이 있는데 거기에 한번 물어보란다.

난 집에 돌아오자마자 할아버지 책장 속 책 제목들을 적었다. 200권도 넘었다. 그 메모를 책방 주인에게 들이밀고 필요한 책이 있으면 기부하겠다고 말할 참이었다. 할아버지가 특별히 아끼고 자주 읽던 책들, 내게 읽어 주었던 책들은 몇 번을 매만지다가 따로 상자에 담아 두었다. 언젠가 나도 대학생이 되어 읽는다면 책 속 말뜻을 다 이해하게 될지도 모르니까.

메모지를 들고 학교 뒷문 골목으로 걸어 들어갔는데 한참을 걸어도 책방이 나오지 않았다. 봉호 선생님이 분명히 조금만 걸으면 된댔는데, 조금은 무슨. 행인들에게 물어 물어 작은 골목으로 또 한참 걸어 들어가서야 책방을 발견했다. 음, 봉호 선생님은 작은 책방이라고 했는데 생각보다 많이 작지는 않았다. 그리고 책방 간판은 정식 간판이 아니라 나무 판자에 비뚤비뚤하게 각인처럼 '작은 책방' 네 글자가 씌어 있었다. 작아서 작은 책방이 아니고 책방 이름이 그랬던 거였다.

조심조심 노크하고 책방에 들어갔는데 실내가 어두웠다. 작은 전등을 여러 개 켜 놓긴 했는데 여전히 어둡다고 느끼는 이유를 나는 금세 알아챘다. 빛이 들어올 만한 창문들까지 서가가 우중충하게 다 막고 있었다. 세 면이 꽉 막힌 그 공간에 잠시 못 박힌 듯 서 있었다. 낯선 듯 익숙한 이 공간, 뭐지. 이 구석 어딘가에서 할아버지가 돋보기를 끼고 책을 읽고 있을 것 같았다.

"학생, 책 읽으러 왔니?"

어딘가에서 덩치 큰 아저씨 한 분이 불쑥 나타나서 깜짝 놀랐다. 아, 근데 아저씨 얼굴이 어디서 본 듯하다. 분명히 처음 보는 얼굴인데 묘하게 낯익어서 초면인데도 빤히 쳐다보았다. 아하, 손바닥으로 아저씨의 입과 턱 부분을 가리면 눈매랑 코는 거의 봉호 선생님이었다. 봉호 선생님보다 뼈가 더 굵고 하관이 넓어 보였다. 나는 머리를 갸우뚱하다가 정신을 차리고 우물쭈물 여길 오게 된 사연을 설명하고 메모지를 내밀었다.

"학생의 담임 선생님이 여길 알려 줬다고?"

책방 아저씨의 얼굴에 잠시 의미심장한 웃음이 스쳤다. 메모지에 적힌 책 제목들을 한번 스윽 훑어보시는데 살짝 긴장되었다. 오래된 도자기 같은 것을 감정 받는 기분이 들었다.

"이렇게 귀한 것들을…… 얼마 줘야 하지?"

아저씨의 표정이 순간 어두워졌다. 나는 아저씨의 의중을 알 수 없어서 잽싸게 말했다.

"그냥 기증하려고요. 대신 책들 진짜 잘 보관해 주셔야 해요. 책을 아끼는 사람이라면 공짜로 드릴 수 있어요.”

순간, 아저씨의 얼굴이 벌게졌다. 벌게지니까 언뜻 봉호 선생님 얼굴이 보였다. 머리를 예술가처럼 뒤로 묶었는데 저거 풀면 어쩐지 봉호 선생님 머리처럼 부스스할 것 같았다.

“이 귀한 걸 공짜로 다……?”

아저씨는 아이 앞인데도 어쩔 바를 몰라하며 두 손을 마주 비볐다. 내일 당장 삼륜차 몇 대를 끌고 우리 집에 책 가지러 오신단다.

아저씨는 다음날 우리 집에 와서도 책 하나하나를 아이처럼 소중히 다루었다. 마른 수건으로 한 권씩 깨끗이 닦아 상자에 차곡차곡 담았다. 얼마 뒤에 텅 빈 서재 틈 사이로 햇빛이 방 안에 쏟아졌다. 아저씨는 내가 원한다면 낡은 책장도 처리해 줄 수 있다고 했는데 망설이다가 그냥 수리해서 내가 쓰겠다고 대답했다. 잘 모르겠다. 과연 내가 살면서 할아버지만큼 많은 책을 읽을 수 있을지. 하지만 저 책장을 보고 있으면 한 권이라도 더 읽고 싶어질 것 같긴 했다.

“학생, 다음에 책방에 놀러와. 나도 학생 읽을 만한 책 몇 권이라도 선물 줄게. 남쪽에서 온 책들이야.”

대충 알겠다고 얼버무리고 잊었다. 하지만 중학교를 졸업하고 여름방학 때 내 발로 찾아갔다. 경매도 남쪽으로 떠나고 혼자 장기 훈련을 받으며 성급 대표 대회 출전을 막 앞둔 시점이었다. 할아버지 책들이 잘 있는지 궁금하기도 하고 마음이 뒤숭숭했던 참에 자연스럽게 그 책방이 떠올랐다.

책방 아저씨는 날 알아보시고 반갑게 맞이했다. 기다리고 있었는데 생각보다 늦게 온 것 같다고, 그동안 뭐 했냐고 물으시는데 나도 몰래 술술 다 말해 버렸다. 개축 때문에 이사도 하고, 제일 친한 친구가 남쪽으로 떠나고, 난 청소년 장기 대표선수라는 것들을. 아저씨는 머리를 끄덕이며 들으시고는 할아버지 책이 있는 책장 앞으로 날 안내했다.

"사람들이 잘 빌려 가나요?"

"내가 읽고 있어. 다들 책을 잘 찾지 않아. 특히 역사나 문학은. 근데 입소문을 타면 문인이나 민족 역사에 관심 있는 사람들이 차츰 올 거야. 이렇게 좋은 책들을 읽으신 할아버지는 진짜 훌륭한 분이셨나 보다. 읽을수록 감탄하게 되더라니까."

할아버지 책들에서 눈을 떼지 못하고 있는데 아저씨가 내게 책 세 권을 내밀었다.

"이거 남쪽에서 나온 책들이야. 고중생*이 입문하기 좋은 책들이지."

헤르만 헤세의 『데미안』, 남쪽 작가 조세희가 쓴 『난장이가 쏘아올린 작은 공』, 그리고 펄벅이 쓴 『대지』였다. 책이 좀 두껍기도

                    *고등학생

하고 장편들이라 완독할 수 있을지 사실은 자신이 없었다. 한데 아저씨가 보물단지 넘겨주듯이 내 손에 조심스럽게 놓아 주면서 꼭 읽어 보라고 간곡하게 말씀하시길래 얼떨결에 그러겠다고 약속했다.

"그래, 학생이 장기 잘 두는 건 좋은 거지. 자랑스럽고. 근데 기분 나빠할지도 모르지만 이 아저씨는 문학이 장기판보다 훨씬 더 넓고 깊다고 생각해."

문학이 장기판보다 훨씬 더 넓고 깊다고? 바다 같은 거라나. 바다에는 수천 수만의 생물이 살고, 다들 싸움만 하는 게 아니라 공존도 한다고.

솔직히 다 이해한 건 아니었다. 근데 아저씨 눈이 반짝이면서 나를 보는데 뭔가 대단한 얘기라는 건 알 수 있었다.

오래된 낡은 그 책들을 물끄러미 바라보다가 어릴 적 할아버지가 읽어 줬던 민족 전래동화들이 떠올랐다.

그때도 낯선 마음으로 떠밀리듯 책을 읽었었지. 그제야 책방 아저씨가 건네는 그 마음이 고마웠다. 아저씨는 그동안 조선족 아이들이 오면 책을 읽으라고 잔소리를 하고 억지로 손에 책을 들려 줘서 보냈다고 했다. 그 때문인지 두 번 다시 안 오는 애들이 많은 것 같다며 뒤통수를 슥슥 긁었다.

"학생도 안 올 거야?"

부담스럽긴 했다. 하지만 의젓하게 대답했다.

"또 와야죠. 할아버지 책들 잘 있나 살펴도 볼겸."

"그래! 장기도 잘 두고 문학 책도 많이 읽으면 사유가 깊어질 수밖에 없지. 그럼 학생은 분명히 멋진 어른으로 클 거야."

멋진 어른이라. 나는 흠칫 놀라 아저씨의 얼굴을 쳐다봤다. 그러곤 대문 옆 먼지 낀 거울 속 내 얼굴을 슬쩍 들여다봤다. 멋진 어른이 되고 싶다는 열망이 아저씨 눈에도 다 보일 만큼 내가 얼굴에 붙이고 다니는 걸까, 아니면 그냥 해 본 말일까?

"진짜예요?"

"그럼. 이 아저씨는 거짓말을 안 해."

또 믿어질 것 같다. 할아버지나, 아저씨나 책을 많이 읽는 어른들 말은 들으면 낭패는 없는 것 같으니까 또 믿어 버리기로 했다.

그렇게 몇 번을 책방을 들락거리며 이사한 이후에 집에 당 간부 아저씨들이 가끔 포커 치러 온다는 얘기도 했다. 경매에게도 비밀로 했던 이야기였다. 당 간부 아저씨들은 포커를 치면서 룡정시에 아스팔트 길도 깔고 공공시설들을 주기적으로 보수하면서 저들끼리 수고 많다고 했더랬다. 내 말을 들은 책방 아저씨가 머리를 절레절레 저으며 역정을 내셨다.

"길 닦는 게 다냐? 사람 정신은 누가 닦아 주냐. 우물 고쳐 놓으면 뭐하냐, 정작 목마른 건 정신인데. 늘 보여 줄 것만 내세우고 보이지 않는 걸 망가뜨리는구나. 다들 뭣이 중한지 몰라."

아저씨가 하는 쓴소리가 마치 우리 할아버지의 음성처럼 느껴졌다. 어딘가 우리 할아버지를 닮은 것 같아서 나는 슬며시 웃었다. 이젠 할아버지가 그리워도 웃을 수 있다. 웃으면서 그리워할 수 있다.

그 책방은 고등학교 내내 나에게 좋은 버팀목이 되어 주었다. 경매 말이 맞았다. 우물에 계속 물이 고이듯이 경매와 봉호 선생님이 옆에 없으니 작은 책방과 책방 아저씨가 다음 페이지가 되어 준다. 난 계속 세상과 접점을 찾아 앞으로 나아가는 중이다. 손을 내밀면 아직 잡아 주는 손들이 있고 그 손들의 온기가 따뜻하다.

다시 깊어진 우물가에서

두 번째 책으로 청소년 소설을 쓰게 될 줄은 저 역시 예상하지 못했습니다. 소설집 『야버즈』에 실린 마지막 단편 「우물가의 아이들」에서 가능성을 발견하고 손을 내밀어 주신 너머학교에 깊은 감사를 드립니다.

「우물가의 아이들」이 독자들에게 닿기까지는 십 년의 시간이 필요했습니다. 유학생으로 한국에 건너와 문예 창작을 공부하던 시절, 저는 연변에서 조선족으로 살아가며 느꼈던 작지만 선명한 감정들을 습작처럼 조심스레 적어 두었습니다. 일기처럼 서툴렀던 그 글은 오랫동안 서랍 속에 묻혀 있었습니다. 누군가에게 읽힐 거라곤 상상조차 하지 못했던 글이었습니다.

몇 해 뒤 소설집 『야버즈』를 묶는 과정에서 호밀밭 출판사 편집자님께서 그 글을 다시 꺼내 읽어 주셨고, 「우물가의 아이들」을 마지막 작품으로 호명해 주셨습니다. 저조차 예상치 못한 선택이었습니다. 계약에 묶여 있던 이 작품을 다시 써서 책으로 낼 수 있도록 기꺼이 허락해 주신 호밀밭 출판사 장현정 대표님께도 머리 숙여 감사드립니다.

다시 쓰는 동안 저는 귀화한 한국인이 되었습니다. 어쩌면 그 변화 덕분에 더 자유로운 마음으로 오래 품어 온 생각들을 꺼낼 수 있었는지도 모르겠습니다. 차마 적지 못했던 문장들이 모니터 위에서 또렷한 형체로 떠오르던 순간의 감격과 낯섦은 지금도 제 안에 선명히 남아 있습니다.

이 소설을 쓰며 저는 우물가를 떠나온 수많은 이들의 뒷모습을 떠올렸습니다. 그들에게 우물은 어떤 기억으로 남아 있을지 알 수 없지만, 제게 그 우물은 세월 속에서 사라진 곳이 아닙니다. 오히려 시간이 흐를수록 더 깊어지고 넓어져, 이제는 다른 모습으로 제 안에 고여 있는 장소입니다. 과거에 홍희였고, 경매였고, 철용이었을 누군가가 지금 이 세계 어디선가 또 다른 이름으로 꿋꿋이 살아가고 있을 그 시간을 조용히 응원합니다.

이 책이 나오기까지 노고를 아끼지 않으신 너머학교 김상미 대표님, 이지완 편집자님 및 직원들께 감사 인사를 드립니다. 낯설고도 먼 시절인 90년대 후반과 2000년대 초반의 연변을 성심껏 그려 주신 강소연 그림 작가님께도 감사를 전합니다. 처음 그림을 받아 본 날, 일면식도 없는 작가님과 깊이 연결되어 있다는 형언할 수 없는 감동을 느꼈습니다.

어떻게 읽힐지 설레면서도 두려운 마음이 앞서지만, 그 몫은 이제 오롯이 독자분들께 맡기려 합니다. 저는 우물가의 기억을 품은 채 다시 다음 문장을 써 내려가겠습니다. 언젠가 남녘의 동포들에게도 제 글이 닿기를 바라며, 지금 서 있는 자리에서 오래도록 쓰는 사람으로 남고 싶습니다.

감사합니다.

그림을 그린 **강소연**입니다.

독립 이후 열여섯 번의 이사를 하며, 삶의 장소성에 대해 오래
고민해 왔습니다. 그래서 홍희의 이야기에 더 깊이 공감하며
그림을 그릴 수 있었어요. 지금은 제주에 살며 잡지와 책 등에
그림을 그리고 월간지에 만화를 연재하고 있어요.
형태에 질감을 입히는 작업을 가장 좋아합니다.

2026년 3월 30일 초판 1쇄 인쇄
2026년 4월 15일 초판 1쇄 발행
글쓴이 전춘화
그린이 강소연
펴낸이 김상미, 이재민
편집 이지완 **디자인** 김세진
펴낸곳 (주)너머_너머학교
주소 서울시 서대문구 증가로20길 3-12 1층
전화 02)336-5131, 335-3366, 팩스 02)335-5848
등록번호 제313-2009-234호
ISBN 979-11-92894-86-7 43810

너머북스와 너머학교는 좋은 서가와 학교를 꿈꾸는 출판사입니다.
https://blog.naver.com/nermerschool